曹明 · 著

嗣子

百花洲文艺出版社

图书在版编目（CIP）数据

嗣子 / 曹明著. -- 南昌 : 百花洲文艺出版社，
2024.1
ISBN 978-7-5500-4967-3

Ⅰ. ①嗣… Ⅱ. ①曹… Ⅲ. ①长篇小说–中国–当代
Ⅳ. ①I247.5

中国国家版本馆 CIP 数据核字（2023）第 021302 号

嗣子　　曹明　著
SIZI

责任编辑	杨　旭	
特约编辑	张立云	
装帧设计	云上雅集	
出 版 者	百花洲文艺出版社	
社　　址	南昌市红谷滩新区世贸路 898 号博能中心一期 A 座 20 楼	
电　　话	0791-86895108（发行热线）0791-86894717（编辑热线）	
邮　　编	330038	
经　　销	全国新华书店	
印　　刷	长沙市精宏印务有限公司	
开　　本	889 毫米×1194 毫米　　1/16	
印　　张	15	
版　　次	2024 年 1 月第 1 版第 1 次印刷	
字　　数	200 千字	
书　　号	ISBN 978-7-5500-4967-3	
定　　价	78.00 元	

赣版权登字　05-2023-305

网　　址　http://www.bhzwy.com
图书若有印装错误,影响阅读,可向承印厂联系调换

1

我五岁那年，一个电闪雷鸣狂风大作的晚上，我听着呼啸的风，蜷缩在屋子角落里瑟瑟发抖。那个我见过几次却老是认错的表叔颤巍巍地站在门口，站了多久我们无从知晓，但他强调站了很久，还说站麻了腿，喊哑了嗓子。他被风吹得险些栽倒是不争的事实，爹开门时，我全看到了：他吃力地扶着门框，摇摇晃晃扑了过来。

爹赶忙拉着他，连声说："没听到，开门晚了。"

爹又关心地问："风这么大，你怎么过来的？"

"我被风刮了过来。"表叔有些不悦。

我对总是空手过来，离开时从爹那里拿走一把旱烟叶的表叔非常厌恶。这个从不正眼看我的家伙，嬉皮笑脸地向我喷吐臭气。

向来话不投机的爹和表叔，守着一盏昏暗的煤油灯，将鸡毛蒜皮的事情说到深夜。我被噩梦惊醒了，发现妈妈也参与其中。她没有纺棉花和剁猪草，或者缝补衣服，而是默默地守在那里。他们不停地咳嗽，我就知道两个老烟鬼会将屋子弄得乌烟瘴气。哥哥被我弄醒了，却没有埋怨，而是大声说他们："这么晚了，吵个啥？"

他们的声音变小了，还停了一会儿，仿佛突然间人去楼空。我认真听着，却没有能力将断断续续的话组合起来，拼成完整的意思。那个可怕的噩梦让我魂飞魄散，我用被子捂着脑袋，双手拽着被子，防止哥哥拉开。哥哥的手摸着包着我脑袋的被子，像一只猫爬行过来。他掀不开被子，就侧着身子用屁股顶着我，放鞭炮一样放屁。被窝里臭气熏天，我哇哇呕吐，也没有伸出脑袋。我没有握拳捶打，也没有用脚蹬踏，而是伸脚撑起被子，用力抖动，弄出很大的风。这床盖过我家几代人的破旧被子，在我的小脚面前弱不禁风。"呲啦"的断纱声让我毛骨悚然，哥哥喊叫着向还在说话的爹妈澄清事实——这与他无干。我急忙对端着油灯进来的妈妈说："哥哥在被子里放屁。"

我又说："放了好几个。"

妈妈沉重的叹息像家里少了一只鸡，随后是丢失一只羊，再后像死了一头猪。我吓得缩成一团，双手护着脑袋，将背脊和屁股送过去。妈妈抬起手，却没有打下来，而是慢慢靠近我，帮我摆正身子。她连平时要我好好睡觉的嘀咕也没有，却训斥哥哥："你是老大，要带好弟弟。"

她要哥哥往边上靠，给我腾出更多的地方。她像拉稀跑茅房一样冲了出去，灯火猛烈摇晃，险些熄灭了。那些贴在地面和墙上的黑影乌云般翻滚，随着她夺门而去，迅速占据整个屋子，将我们吞噬。她很快又进来了，灯光撕开沉寂得让人窒息的黑幕，将我们释放。她拿着一块洗得很薄的印花布，一把生锈的剪刀。她将油灯放在旁边，要我们规矩地躺下，然后将被子翻过来盖在我们身上。她坐在床沿上捏着被角，将印花布盖住破口，舞动穿着长线的针，偶尔将针在头发上剐蹭一下，有时连剐几下。在昏暗的灯光里，她像在耀眼的阳光下一样眯着眼睛，那只捏着缝衣针的手出现孔雀头形状，舞动起来像欢快地进食。缝衣针扎了手指，她停了下来，将手指伸进嘴里，吱吱地吮吸，又用力咬住。咬了一阵她又缝补起来，还将油灯交给哥哥，要他靠近一些。

第二天大清早我没有看到爹，他经常天未亮就去自留地里劳作，或者上山打柴，有时弄回来一些野果。表叔还在我家里，这个穿着破烂的汉子坐在凳子上，咬着耷拉下来的喇叭烟，双手相操扣着跷着二郎腿的膝盖，晃动黝黑的腿。他眯着的眼睛挂着眼泪，像滴着药水。我对他的傲慢很气愤，却不敢表露，我只要对客人稍有不恭，妈妈就会数落我。我默默地提着篮子去打草，正在喂鸡的妈妈放下筛子，伸手在补了又补的围裙上擦了又擦，过来拿走我的篮子，然后说："不要去打草。"

她又说："你爹给你买球鞋去了。"

我梦寐以求的，是像小伙伴一样拥有一双球鞋。我猜想今天是什么日子，但脑子里只有过年和生日的念头。现在离过年和生日都很远，那个时候天气寒冷，我记得很清楚。我想不出头绪就问妈妈，她没有说话一脸茫然。我以为惹她不高兴了，就去给赶着牛又牵着羊的哥哥帮忙。我拽着系着羊角的棕绳，告诉哥哥："我有新鞋子了。"

妈妈喊我，我将棕绳交给哥哥便往回走，她放下筛子朝我走来。她什么也不说，就低着头，转过身去，咯咯地招呼得不到食物而乱跑的鸡。她撒下掺杂乱七八糟东西的鸡食，简单清点一下，要我守在旁边，防止邻居的鸡过来。

我除了帮着鸡守住那片不可侵犯的领地，也去灶房里烧火，还给慵懒地躺在竹椅上的表叔送茶水。往土灶里添加柴火，我总是烧不起火，弄得浓烟滚滚。如果哥哥这样，妈妈准会训斥，可是她没有生气，还手把手教我支起木棍，一点点添加柴火。给表叔送茶水，我故意舀着茶叶末子，还重重地放下，溅出茶水。妈妈看了一眼，就转了过去，走开了。

妈妈做好饭，爹就回来了。他没有像以前从大队代销店回来那样，隔老远捏着硬糖奋力挥舞，喊着我们哥仨的名字：大光、中光和小光，而是挑着一担湿柴，满头大汗像淋过雨。我激动地冲过去，脚指头踢到锄头，钻心地疼，也只皱一下眉头。爹目光躲闪，撩起衣服下摆，洗脸一样盖住整张脸。他完全可以走到屋檐下，从晾衣竿上取下毛巾，或者打盆清水，在表叔面前斯文地擦拭，可是他手忙脚乱。我看着他的手，又看着他的口袋，再看着那担湿柴。想问新球鞋放在哪里，可是张开嘴巴，没有声音，口水牵着线滑落。爹空手而归，妈妈表情凝重，轻声问道："给二伢子买的球鞋呢？"

爹说："代销店卖完了。"

妈妈生气了，将碗筷弄得当当作响。爹说："难道要我去偷？"

她将一摞碗往爹身前一推，又将筷子拍在桌上，咬牙骂道："你脖子上顶着粪罐子，不多走几步去供销社看看。"

她哽咽着："这是最后一次给二伢子买鞋。"

我不清楚妈妈的意思，只觉得她很想给我买鞋，于是感激地看着她。她赶忙招呼表叔吃饭，表叔嗯嗯点头，看着低着头双手紧紧抱着桌子腿的我，对妈妈说："以后买好了，再送过来。"

吃完饭爹妈说要我去表叔家里住一段时间，在那里吃得好住得好还穿得好，其他一句也没有。我还沉浸在没买到新球鞋的失望中，于是答应得很干脆，猛地点头。哥哥来到我身边，他知道我去给表叔当儿子，一去不返，就拉着我的手，弄得手指很痛。我拉住从面前晃过的弟弟，他没有喊叫，也没有挣脱我去旁边玩耍，还靠近我，跟我们一样木讷地站着。我突然不想去表叔家里，觉得跟哥哥和弟弟在一起很好玩，哥哥是我的依靠，弟弟是我很好的玩伴。

我哭喊着不去表叔家，爹妈置之不理，依旧忙着自己的事情。爹咬着旱烟杆，眯着泪眼折腾破损的犁耙，弄出很大的声音。妈妈用纳鞋底的麻绳缝补我的鞋子，麻绳很粗，她缝得很密很齐。表叔焦躁不安，表情难看像拉不出屎。他盯着哥哥和弟弟，似乎要换人。爹妈当然不会让能砍柴放牛能做家务的哥哥过去，也不会将集全家人宠爱于一身的弟弟交给他，而我，一个傻头傻脑的小屁伢子，是让出去的唯一人选。表叔深知爹妈的想法，转头看着我，走过来哄我："跟我去，我给你买新鞋子。"

我跟着表叔走了，表叔怕我逃跑，紧紧抓着我的手，抓得我哎哟哎哟直叫唤。爹妈送了我一程又一程，我怀着对新鞋子的渴望紧紧跟着表叔，对怅然若失的爹和泪眼汪汪的妈视而不见，还恨他们："你们又不给我买新鞋子。"

他们伸手摸着我的脑袋，我躲到表叔身后，新鞋子的诱惑使我做出愚蠢的举动。他们紧绷着脸一言不发，表叔保证会好好待我，并要他们放心，他们说："要听表叔表婶的话。"

我紧紧跟着表叔，生怕离开他就失去鞋子。他突然要我停下来，说上个茅厕。我没有怀疑这个刚才在草丛里方便过的家伙。他与一个从窗户里探出头的汉子嘀咕几句后，回头对我说代销店里没有鞋子，还大声嚷嚷，弄得汉子抱怨道："那么大声音干吗，跟吵架似的。"

路过第二家代销店时他故伎重演，但给了我一粒硬糖。随后每路过一家代销店，我就得到一粒硬糖，我拿着硬糖不肯放进嘴里，要留给哥哥和弟弟。有了三粒硬糖，我对他说："我不要了。"

我想起了新鞋子，却不敢问。我觉得他是外人，不能随便要他的东西。

我口渴难耐，嘴里像吃着火炭。我舔舔嘴唇，咕噜咕噜吞咽口水，他视而不见。我说想喝水，他充耳不闻。我哭着哀求，他才领着我来到水坑边。我对着肮脏的水摇头摆手，他说："不干不净，吃了没病。"

几只蛰伏在水草里的水蚊子突然窜起，他即将捧入嘴里的水像母牛撒尿一样洒落，水蚊子长脚下的涟漪煞是好看，他却像看到痒辣虫一样恶心。我也不敢喝水，却不愿意离去。在路边的人家，他为我讨得一勺清水，可是大多被他喝了。

我肚子里咕噜噜响着，他置若罔闻，有时声音响起，他就咔咔地清理嗓子，或者大声说话。可是他的肚子刚响一下，他就说："饿了吧，找地方吃饭去。"

他说很快有饭吃，我却望眼欲穿等了很久。他信口开河给了我关于时间的错误概念。我两腿乏力倒在地上，他背着我走进一间低矮的房子，像讨水一样借用我的名义说："有饭吃吗？伢子饿了。"

在竹椅上打盹的中年汉子跳了起来，那把夹着屁股的竹椅被他拖得竖了起来。这家简易餐馆像我家四处透风的灶房，只是多了一些锅碗瓢勺。中年汉子不是招呼我们吃饭，是用葫芦瓢往木桶里舀水浇在地上，用油腻腻的拖把来回擦拭。他说："一会儿就来。"

表叔只要一钵子米饭和一份蔬菜，他拨弄好久，才将小半碗米饭给我。这点米饭填不饱我的肚子，但我还是接受了。他只给我一点蔬菜，还是我盯着他的钵子，他感到不好意思才给的。他要了一杯散酒，揣着蔬菜吃了起来，刀尖一样顶起的喉结上下跳动，像吞食大鱼大肉。随后他仰着头，用手指当当地敲打杯子，将最后一滴酒敲进嘴里。他还伸着舌头舔舐嘴唇和杯子，嘴巴不停地咬合，牙痛似的。

我走不动就坐在路边的石头上，低着头一声不吭。表叔说马上就到了，我赖着不走，他就背着我，要我搂着他的脖子。

他两手相操托着我的屁股，有时扳着我的双腿，可是手上没有力量，我感到要掉下去。他还腾出手拨弄嘴上的喇叭烟，又伸手搌鼻涕。我要求下来走路，他却要背着我，托着屁股的手也有劲了。渐渐地熟人多了，他不停地向人展示对我的关爱。我知道快到家了，是他叹息一声："终于到了。"

我盯着那栋崭新的房子，他却将我放下来，牵着我往破烂的房子走去。

2

我们进村时，表叔家的黑狗过来了，还带着一群狗子。它们朝着我吠叫，像围捕一只野兽。表叔呵斥无济于事，就用土块石头追打，还拔了篱笆桩扔过去，但离狗子很远。我们来到屋前，门上挂着大铁锁。表叔要我待在地坪里，就去找表婶和表姐。我坐在小凳上昏昏欲睡，那条被表叔赶走的黑狗回来了，我慌忙站起来，退到边角的柴火垛边，抓着一根木棍。这根压在柴火下面的木棍表叔也拔不出来，但我对它寄予厚望。黑狗朝着我吠叫，其他狗子也张牙舞爪向我示威。表叔表婶和表姐从不同的地方跑过来，对着狗子大声咆哮，将手里的东西砸过去。黑狗被表姐扔去的锄头砸中，表叔张口便骂，骂得她泪眼汪汪，躲得很远。黑狗狂吠着落荒而逃，其他狗子尾随而去。这算是表叔一家迎接我到来的仪式，很热闹，也很惊险。人们陆续赶来，围着我指指戳戳，像集市上对着牲畜指手画脚。我急得直哭，连忙后退，躲在柴火垛后面。

我低着头，坐在桌子边，将额头搭在桌沿上，还用手捂着脸，不让审到跟前的细伢子看到。他们要我抬起头，又诱使我说话，判断我是不是傻子，或者聋哑人。我被浸透油污的桌面呛得连连咳嗽，也没有抬头，还将脸藏得更深。

一串鞋子噗啦噗啦拖地的声音由远而近，接着是女人骂骂咧咧："你个短命鬼，饭也不吃了，来凑什么热闹？"

那个引诱我说话的汉子突然离开了，战战兢兢回了一句："刚歇一下。"

她歇斯底里地喊叫："……缸子里没有一滴水，关牛的栅栏也坏了。你什么时候去担水，什么时候去修补牛栏……"

汉子夺门而出，攀着门框站在门槛上的伢子跳下来让道，却踩着别人，那人哎哟叫唤，大骂不止。我悄悄转动脑袋，看着混乱不堪的门口。有人看到我的脸，叫了起来："长得蛮好看的。"

女人还在骂人，不过声音小了，像向人倾诉委屈。从大家的嘲笑声中，我清晰听到汉子的央求声："你让开，我怕你。"

嘿嘿的笑声排山倒海般响起，经久不息。汉子大言不惭地问笑得前仰后合的矮个子："你不怕婆娘？"

"我不怕……"矮个子啪啪地拍着胸脯。可是他看到横眉立目的婆娘，立即收住嘴边的话，缩着脑袋，退到旁边。

他们走了，有人很失望。屋子里静悄悄的，我抬起头，看到高我一头的表姐，我来不及低头，就眼睁睁地看着她奚落我："嘻嘻，是个傻子。"

表婶说："不要怕，像在家里一样。"

我又趴在桌子上，听着他们发出的声音，判断他们会怎样待我。我清楚他们出去了，还知道表姐撞在门框上，门嘎啦嘎啦，她"哟哟哟"又"啧啧啧"叫着。声音消失了很久，我才抬头打量这间屋子。房子破烂不堪，木板墙上的裂缝，苍蝇蚊子随意出入，老鼠也进出自由。屋里没有天花板，瓦片和椽皮黑得像被火烧过，吊着许多线绳，粗线绳下面挂着东西，细线绳是沾着尘埃的蜘蛛丝。我出现奇怪的想法：这些东西掉进饭碗里怎么办？我很害怕，却不敢出去，担心黑狗在外面等着我。我鼓足勇气来到门口，双手攀着门框，寻找黑狗。门框猛地摇晃，表叔朝我喊叫："你要把门摇下来？"

表叔的样子很凶，与先前判若两人。他将我牵到桌子边，大声说："怎么啦？"

"我要回家。"

表叔紧绷着脸，很生气："说得轻巧，刚来就送你回去？"

他又说："要走，你自己回去，我不送你。"

表婶过来安慰我："过两天就习惯了。"

她要表姐带我去玩，还交代她不要让我摔倒。她又说："注意那些狗。"

我不愿意跟表姐去玩,她就拽着我的手,又推着我,还从后面抱着我,蹒跚而行。她弄得我很难受,我奋力挣脱,自己行走。她带我去看她喂养的山羊,两只山羊靠在一起,大山羊脖子上系着铃铛,小山羊头上长出了犄角。她摇动大山羊的铃铛,叮叮当当,嘴里也这样喊着。我想触摸小山羊的犄角,伸了几次手都没有摸到,她就抓着我的手伸过去。她抱着青草放进羊栏里,吃了一天的山羊翕动鼻子,吃了几口,就走向角落挤在一起。

我有尿急的感觉,想在青草上撒尿,可是在表姐面前我羞怯不安。我想了一下,对她说:"你走到那边去。"

表姐不知道我要干什么,离开时犹豫不决,还转过来看我。我解开裤子,她转了过去,用手捂着眼睛。我掏出尿尿的东西,山羊就过来了。它们快速嚼着洒着尿液的青草,还拥挤争抢。我摇摆身子将尿撒遍青草,希望山羊在咸味的引诱下吃光青草。我系好裤子走了很远,表姐的手还捂在眼睛上。

晚饭时表婶炒了两个好菜,煮的是红薯米饭。她有些后悔:"应该让伢子吃碗白米饭。"

她挑拣了一会儿,将一碗红薯米很少的米饭放在我面前,催促着:"吃,快些吃……"

我不敢搛菜，菜都是表婶搛过来。表叔突然说："让他自己来。"

这句话没有恶意，不过语气怪怪的。我眼里噙着泪水，嘴巴停止吃饭，饭菜掉落下来。表叔拖着腔调数落我："嘿——说你一句，就不行了。"

我抬起袖子擦拭眼泪，由于慌张，筷子戳到脸上。我将饭碗放在右手上，抬起左手擦拭。我自己搛菜，却不敢搛熏鱼和腊肉，只搛辣椒。我吃了两碗饭，第二碗饭也是表婶盛的。她问我要不要再吃一碗，我点点头，又猛地摇头。

夜里我醒来时，听到表婶和表叔在说话："能不能要他叫我娘？"

"现在不是时候。"

他们又说："吃得真多，像猪一样。"

"这么能吃，怎么养得起。"

这分明是说我，即使说表姐，或者其他人，我也会认为是说我。我伤心抽泣，眼泪止不住流。我没有擦拭，任凭泪水从眼角流下，再到枕头上。我在梦里也哭了，第二天起床时，在两个拼接一起的方柜上睡觉的表姐，对睡在门板上的我审贼一样喊叫："你晚上哭什么？好像谁欺侮了你。"

我没有回答，拽着被子捂着脑袋。她走过来用力扯着我的被子，咬着牙说："不信我弄不开你的被子。"

我双手抓着被子，两腿夹着被子，还用身子压着被子，努力阻止她扯开被子。我不是她的对手，被子扯开时我惊恐地喊叫，伤心哭泣。在灶房里忙碌的表婶隔空喊话："莫欺侮弟弟。"

表姐拽着被子展了一下，一股风窜进被子里，裤裆里冷飕飕的。我尿床了，害怕地缩成一团。表姐应声出去，我摸着裤裆，又摸着被子，还有凉席。被子湿了一块，凉席上的尿更多。我想到去取裤子，再清洗干净，在隐蔽的地方悄悄晾干，还像在家里对付妈妈那样，用被子盖住尿湿的地方，让它慢慢阴干。可是裤子在表婶的屋子里，我没有穿着湿漉漉的裤子走过去的勇气。

生产队长胡贵平提着铁皮喇叭喊出工了，表婶已煮好猪食，做好饭菜。她出工没有带着我，要我跟着表姐去放牛打草。表姐喊我二伢子，我没有理睬，她就过来掀被子，不过手停在那里，她怕我哭，会遭到表婶责骂。她的手在被子上摸着，像蛇一样从我的脑袋上游到脚上，又从脚上游到脑袋上。她生气了："快起床，跟我放牛去。"

表姐不漂亮，甚至有点丑，却很仗义，会保护我。但有一点不好，我的任何事情，她都会向表叔表婶报告。她大声喊道："妈，他不起床。"

表婶快步走来不是兴师问罪，是向我展示母爱。她笑着说："中光好崽，起床，太阳晒到屁股了。"

我一动不动，表婶以为我生病了，掀开被子问这问那。我哭着说：

"我要回家。"

由于我哭闹，表婶得知我尿床没有生气，反而安慰我："没事的，拿去晒干就好了。"

她还说："你姐姐这么大了还尿床呢。"

表姐面红耳赤。她慌忙跑出屋子，生气地说："你乱说。"

表婶要她给我拿衣服，她置之不理，表婶再次要求后，她敷衍着："我找不到。"

表婶给我取来裤子，我不敢当面更换，见我犹豫，她说："脱吧，没有人看你。"

表婶抱着被子提着凉席去外面晾晒，又摇着头说："小屁伢子，名堂真多。"

表婶刚出门，我立即解开扣子，裤子掉下去套在脚踝上，我跺着脚将裤子甩出去。可是我抬脚伸进裤子时摔倒了，撑开了裤裆。我站在门口不敢出去，夹着双腿，伸手盖住裆部。

我不敢说蹬坏了裤子，低着头，像闯了大祸。表婶不停地嘟囔，我一句也没有听清。她拿着针线过来时生气了："把裤子脱下来。"

我双手提着裤子，嘴里哼哼着，很难为情。表婶拿来表姐的裤子，我不敢更换，表婶扑哧一笑："换吧，我不看你。"

她又说："你快点，我要赶着出工呢。"

　　表姆缝补动作很快，针扎着手，她看一眼又缝补起来，动作更快。最后她将裤子凑到嘴边，在上面咬着，我心里一阵发麻，以前尿尿将那里弄得一塌糊涂……随即她发出吐口水的呸呸声。她是否闻到异味，我无从知道，但她将裤子放在我身边，离开时慌不择路，险些摔倒。

3

　　表姐长得高大威猛，像个男人。表叔表婶只有她这一个孩子，家里有点好东西，都给她滋补身子了。生下表姐后，表婶没有生育，他们四处寻医问药，求神拜佛，表婶的肚子依然毫无起色。他们听了别人的建议，决定抱养一个伢子。他们将亲戚遴选一遍，最终将我抱过来。

　　表姐不让我跟着她，嫌我碍手碍脚，耽误她做事。她沉浸在自己的生活里，大清早去放牛打草，然后提着书篮子上学，放学后又去放牛打草。她从不做作业，表叔表婶催促，她就胡乱地写几个字。她不跟我玩，洗完碗就跑出去，在灰暗的月光里，与小伙伴玩着老鹰捉小鸡和丢手绢的游戏。表婶经常喊叫："疯丫头，去把猪草剁了。"

　　表叔咬着旱烟杆蜷缩在大板凳上，欠了欠身子，用嘶哑的声音说："不要喊了，她做的事比任何妹子都多。"

　　他又说："等一下我去剁。"

　　我想跟表姐玩，站在地坪里伸着脑袋，却什么也看不到。我听到表姐向人发号施令，说谁不听话她就打谁，怪不得她逃命似的离开家里。我渐渐对村里熟悉起来，但黑咕隆咚里不敢轻举妄动。玩了一会儿他们散伙了，不是他们讨厌颐指气使的表姐，是有人的爹妈寻了过来："死到哪里去了，快回来睡觉。"

有人离开，场面就不热闹了，表姐右手一挥：不玩了。她回来后趴在桌子上，也不理我，直到打着哈欠去睡觉。她睡觉前不去茅厕，也不洗脚。她的呼噜声很响，震得方柜嗡嗡地响，像里面有一窝蜜蜂。我默默地走向为我临时搭建的门板，将一条裤子放在枕头边。

表姐上学了，我就跟着表叔表婶出工，表婶有时像妈妈一样牵着我的手，但表叔从未像爹那样让我骑在脖子上。他们让我待在阴凉的地方，将一个比我还高的竹子做的茶筒挂在树上，嘱咐我渴了就去喝茶。茶筒灌满了茶水，我举不起来。我独自在树荫下玩耍，玩得最多的是东奔西跑的蚂蚁。我抓着它们玩一下就放掉。

我对蜻蜓和蝴蝶很好奇，有一次居然抓到蜻蜓。我悄悄走到蜻蜓后面，伸出手敛声屏息地靠上去，一次次失败后终于成功了。我往表婶劳作的地方跑去，像抓到鱼一样大声喊叫："婶，婶……"

"怎么啦？"

"我抓到一只蜻蜓。"

在地里劳作的人直起身子，齐声发出："嗨——"

我不知道声音的含义，却觉出它不好。蜻蜓成为我发泄情绪的物件，但我没有弄死它，只弄掉了它的翅膀。

我没有抓到蝴蝶，至今都没有。蝴蝶飞来飞去，找不到家似的，即使停下来，也很快飞走了。我渴了去取茶筒，却取不下来，就走向表婶劳作的田地。刚走到田边，有人尖叫起来："快回去。"

又有人说："不要踩着苗子。"

我又回到原地，伸手摸着茶筒，喝不到茶水就咂巴着嘴吞咽口水。我躺在地上睡着了，表婶过来喝水弄醒了我。她咕嘟咕嘟喝水像蛤蟆叫唤。她打出绵长的水嗝，又抬手用袖子擦拭嘴巴，才将茶筒口伸到我嘴边。她告诫我："不要睡在地上，会着凉的。"

不睡在地上我睡在哪里？我痴呆地站着，过了很久又坐在地上。

那天毫无征兆地下起了大雨，人们争相往大树和岩石下奔去，表婶却喊叫着朝着我跑来，结果我们全身湿透，像从水里爬出来的。我觉得她像娘一样，有时比娘还好。后来她无论带我去哪里，都戴着斗笠。我跟小伙伴熟悉后，她让我跟他们一起玩耍。

这里的伢子争强好胜，喜欢拉帮结伙。我是外地人，他们不跟我玩耍，人数不够才叫我过去，还将我当作傻子。我难受死了，断然拒绝。我躺在表叔摆放整齐的柴火垛上，看着蔚蓝的天空中棉絮一样的白云，想象那里有多高，白云会不会掉下来？如果有鸟儿从头上掠过，它们会不会甩下一坨屎落在我身上？有时我用树枝盖在身上，想着柴火垛是床铺，尿湿了不用着急，我走了会自然晒干；我还想晚上睡在上面，不会听到表姐的猪婆鼾。我翻来覆去，柴火垛摇晃起来，嘎吱嘎吱。我慌忙跳下来，双手抓着柴火垛，希望它尽快稳定。我很快忘记对柴火垛的惧怕，又爬上去躺在那里。有小伙伴过来玩耍，表叔就将柴火垛弄得像沙发。他们家门上挂着铁锁，表婶却给我留下灶房，水缸里有水。他们想喝水就讨好我，这时我很神气，像只骚公鸡。

他们喝饱了水，在柴火垛上舒服地躺了一阵，我们就一起玩游戏了。我们玩警察抓坏人的游戏，人还是那几个人，扮演坏人的却不再是我，说话口齿不清的飞伢子顶替了我的位置。当我和一个人一只手压着他的肩膀，一只手扳着他的胳膊，在喊叫声里神气地走过时，我觉得当警察很自豪。我热血沸腾，差点将他真当作坏人打了。

我们天天玩游戏，仿佛哪天不这样，日子就没法过了。这种谁也不愿意扮演坏人的游戏很快玩不下去，我们就捉迷藏。随处可见的柴火垛，臭气熏天的茅厕，蓬松杂乱的稻草堆，黑咕隆咚的犄角旮旯……为我们提供了场地。我们自发地分成两拨，一拨人躲藏一拨人寻找，然后互换角色。我和飞伢子选择躲藏，两个被勒令扮演坏人的人有同病相怜之感。飞伢子说躲在他伯父空置的猪栏里，那个暗口无人知道。在昏暗的角落里，一块比我们高的门板挡在那里。他取下门钩上的竹棍，拔开门钩，可是门板转动的嘎吱声暴露了我们的行踪。我要更换地方，他执意不肯，说他们知道了，也不敢过来。门没有完全打开，飞伢子走了进去，一声尖叫后不见踪影。我听到扑通的落水声，知道他掉了进去。我急得直哭："飞伢子掉进粪坑里了。"

我扶着门框往里面看了看，黑漆漆的什么也看不到，就大声喊叫："飞伢子你在哪里？"

他哇哇大哭，也大呼救命："快来人呀……"

小伙伴喊叫着跑过来，挂着鼻涕的力伢子摔了个嘴啃泥，却没有哭，爬起来继续奔跑。我们立即去找梯子，却只弄来一根木杆。我们七手八脚将木杆插入粪坑，七嘴八舌喊叫飞伢子爬上来，可是这个伤心哭泣的家伙爬不出来。

我很害怕，呜呜地哭，仿佛飞伢子是我推了下去，会遭到严厉惩罚。飞伢子突然说："你没有掉下来，哭什么？"

我说："你上不来，我着急。"

说完后我不哭了。我和小伙伴一道离开时，飞伢子大喊大叫，却没有喊我的名字，而是："记阿死的崽，你过来。"

记阿死是表叔胡记清的绰号，让人联想到知了的叫声。大人都这么叫，我就知道是说表叔。听到我跑回来的声音，飞伢子大声哭喊："去叫我爹回来。"

说完后他号啕大哭。我赶忙说:"你爹在哪里?"

"不知道,去叫大人过来。"他生气了。

我往社员劳动的地方跑去,跑得妈妈缝补的鞋子又张开了嘴,我抓着鞋子,飞快地奔跑。在看到社员的地方我停下来,大口喘气,弯腰用手撑着膝盖,我大声哭喊:"飞伢子落到粪坑里了。"

那是一个非常热闹的劳动场面,汗流浃背的男女老少洋溢着灿烂的笑容,时刻不忘展示社会主义欣欣向荣的精神风貌。他们爽朗的说笑戛然而止,这个生机盎然的场面死一般寂静。

他们惊愕地看着飞伢子的爹胡世引,他不得不说:"毛都没有长齐,学会骗人了。"

他又说:"你怎么没有掉进去?"

胡世引还要说,胡贵平立即制止,要他赶紧回去看看。

胡世引不慌不忙,站在水坑边慢慢清洗脚上的泥巴,又掏出旱烟杆抽烟。我以为他会迅速回家,他却沿着田埂往回走,对着婆娘喊叫:"记得招呼山上的牛。"

我告诉他:"他从伯父猪栏屋的暗门掉下去的。"

他飞快地跑了,还踢掉破旧的鞋子。进村子时他大声喊叫:"伢子,爹来救你了。"

他也嘟囔出担心的事情:"那里粪水很深……"

　　小伙伴将他领到粪坑边，努力撇清飞伢子掉进去与他们无关。我赶到猪栏屋时飞伢子出来了，他用稻草擦拭身上的粪便。胡世引大骂不止，却没有打他。我赶忙说飞伢子是自己掉了进去，当时我离他很远，没有人理睬，我就不再说话。

　　满身粪便的飞伢子往小河跑去，小伙伴紧随其后，像一群追逐嬉闹的狗子。胡世引给飞伢子找到衣服，扔在地坪边的柴火垛上，怒气冲冲地说："自己过来拿。"

　　飞伢子光着屁股往回走，用手遮挡住裆部，见人过来立即蹲下来。他摘着芋头叶子盖住裆部，觉得屁股也应该挡住，又摘了一片叶子。

　　我跑去叫人，又给飞伢子送衣服，可是胡世引问及是不是我推下去时，飞伢子没有否认。胡世引呵斥飞伢子不要再跟我玩耍，我也决定不交这样的朋友，他长得丑，还流鼻涕。

　　小伙伴们又远离了我。我又跟着表婶去地里出工，抓着蚂蚁玩耍，看着蜻蜓和蝴蝶发呆。

4

表叔说我像猪一样能吃，还逢人便说，我呜呜地哭，喊着要他送我回去。我往村口跑去，有人追来，我哭声更大。胡世引抓到我，我奋力挣脱，往陡坡下跳去，将他吓得要死。我无法逃走就坐在地上，背对着他们，有人跑到我前面，我又转过去。四周都是人，我就将脸埋在搭在膝盖上的手臂上。表叔一家来了，却最晚来到。表婶拉我起来，给我穿好鞋子，拍打尘土，又抓着我的手，扳着脑袋靠着她的腰。她没有安慰，但我感到温暖。她埋怨表叔："你嫌他吃得多，就不要接他过来。"

她还骂他："你老糊涂了。"

我的闹腾让表叔倍受乡亲的责备，他低着头，双脚并拢，两手垂立靠着大腿，不住地点头，像接受批斗的坏分子。他突然来到我身边，推开表婶，抓住我的手。我挣脱不掉，就咬了他一口。他愤怒地骂我："短命鬼，你敢咬我。"

吃罢晚饭，胡贵平和族老青元老汉来到表叔家里。青元老汉拄着长烟杆，铜烟嘴上的花纹很精美，铜烟锅上雕着动物，很显然他过着较好的生活。烟杆中间的竹竿节骨很密，像竹鞭，棕红的颜色表明它历史悠久。据他吹嘘，烟杆是他爷爷用大洋从云南购买的稀缺货。长烟杆压弯了，青元老汉是展示它良好的韧性，乡亲们却认为他身体差了。胡贵平摇头晃脑，用口哨挑逗黑狗，跟催工时骂骂咧咧判若两人。青元老汉端坐着，表叔递上老旱烟，表婶端上热茶和瓜子，他纹丝不动。他们谈论我的问题，怕我听到，要表姐带我去邻居家里。邻居要睡觉，我们只好回来。他们还在吱吱地喝酒，伸着筷子在菜碗里叮当地点来点去。他们嘴上满是油光，在烟雾中若隐若现。他们打嗝清脆响亮，像黑狗嚼着骨头。青元老汉在连连嗝声中说道："粮食……呃……不够，就……呃……来我家借点。"

胡贵平也吞吞吐吐："我家……呃……啊……也能凑一点。"

从此表叔表婶小心谨慎，生怕我不高兴，弄出事端将青元老汉和胡贵平招来。为了表明不再计较我吃饭，表婶主动给我盛饭，还拣出红薯米。我不要她盛饭，拿着碗自己去盛，却遭到阻拦："饭盛好了，去吃吧。"

我埋头吃饭，鼻子碰到饭菜油光发亮，也不抬手擦拭。表叔说了几句，我没有理睬，继续埋头吃饭，但速度慢了。表婶在我鼻子上摸一下，又用袖子揩拭。我吃着表婶搛给我的菜，从不将筷子伸进菜碗，有时也拒绝她搛菜，还拧着身子，将饭碗藏在身后。我吃了一碗饭就放下碗筷，跑出去躲在竹林里，直到他们吃完饭才回来。后来我不再胡闹，一碗饭没有吃饱就去盛一碗，但从未吃过三碗饭。

我来表叔家是为了填饱肚子，可是我战战兢兢，生怕他们不让我吃饭。我经常做噩梦，还哭，表姐弄醒我，很生气："又尿床了？"

我一般不予理睬，有时也回敬一句："你才尿床呢。"

我很压抑，总想回家，却不知道家在哪里，也不知道爹的名字，只记得有人喊他风毛记，更不知道妈的名字，有人叫她刘阿嫂我也想不起来。回家的想法最终被搁置，是因表叔给我买了鞋。为了买鞋，表叔黎明时去剥自留地边的棕树，却神差鬼使剥了胡世将的棕树。胡世将父子拿着刀气势汹汹来到家里，将我吓得躲进碗柜后面的夹缝里。在胡贵平斡旋下，表叔将最粗壮的棕树两年长出的棕皮让给胡世将。表叔卖了棕皮给我买了鞋，给表婶买了剪刀，还有针和钱，也给表姐和我买了硬糖。

表叔经常带我参加村里的宴席，在这里大人可以带一个孩子，以前他带着表姐，现在带着我。表姐生气了，嘴巴噘得老高，像长着猪嘴。这里也是中午开席，为了让我在宴席上多吃东西，表叔表婶不让我吃早餐，赴宴的表叔也不吃。我不明白，就说："我饿。"

表婶说："忍一忍，中午多吃一点。"

她又说："去喝点水。"

我咕嘟咕嘟喝水，表婶却抢走我的碗，埋怨着："不能让水喝饱了。"

从不给我搛菜的表叔在宴席上判若两人，荤菜刚端上桌，他的筷子飞快地舞动，每次都能为我抢到好菜。我没有让他失望，张开嘴巴大口咀嚼。同桌人呆若木鸡，有人发出轻鄙的啧啧声，有人缓缓摇头，窃窃私语。他们见势不妙就举着筷子争抢，还伸手抢夺菜碗。后来没有人愿意跟我们同席。

表婶也带我去吃宴席，一般是表叔不在家，或者生病了，但不多。她牵着我的手，不像表叔那样反复叮嘱："多吃鸡鱼肉，少吃蔬菜。"而是说，"慢慢吃，想吃什么我帮你搛。"

表婶搛菜时会征求我的意见，有人假惺惺地要表婶照顾我，表婶客气地谦让。我吃好了，表婶就要我去旁边玩耍，还说："不要走远了，不要跟人打架。"

她又说："放炮时离远一点。"

这里的人不论贫富，过六十大生日都要摆酒席，其他如建房、打三朝、婚丧嫁娶……一场不落，不过一年中难得有几回。表婶记得许多人的生日，小生日自家人庆贺，她就使唤我过去。我能做许多事情，比如去柴火垛上取柴，守着灶膛烧火……吃饭时主家给我盛一碗米饭，搛了好菜，还给我搬来两张凳子，让我坐着矮凳子，饭碗放在高凳子上。村子里一旦有人办事，我逢场必到。我喜欢杀年猪的日子，能吃到猪肉猪血，还有猪肝……那次胡世盖杀年猪，胡世盖和屠夫使唤我做这做那，我跑来跑去，累得满头大汗，可是吃饭时胡世盖生气地驱赶伢子，包括我："去去，回家去。"

5

这里的伢子八九岁才上学，妹子上学更晚，我却六岁就上学了。这不是表叔和表婶思想开明，也不是我要求上学，是开学时我跟着表姐去学校里玩耍，被老师拉进教室成了一年级新生。铃声响起表姐钻进教室，我好奇地跟着她，被她无情地挡在外面。在这个需要保护的年龄，我擅长的手法是哭闹，可这次我没有哭，而是攀着门框，像在树上玩耍的猴子。老师将我赶了出来，不久我又来到门口，将门框晃得嘎吱嘎吱响。老师朝我走来，我拔腿就跑。老师走进另一间教室，将张老师叫到走廊上，双手比画着说了起来，还转过头来看着我。他目光犀利，我感到一股冷气袭来。我正要逃跑，张老师走了过来，站在我面前脚踩丁字步，昂首挺胸。她询问我的年龄时"嗯嗯啊啊"拖着腔调。我知道自己的年纪，记得生日，但我吓傻了，多说了两岁。张老师用兰花指捏着我的手走进教室，我跌跌撞撞，像不会走路。她领着我走到前排靠窗户的课桌边，将比我高许多的响伢子牵出来，要我坐进去。张老师忙着给学生调整座位，回头见我站在那里，立即说："坐下，你坐在那里。"

我说："凳子上有水。"

张老师拿着擦黑板的抹布走来，看了一眼就问响伢子，也问旁边的学生："水怎么来的？"

响伢子低头哭泣，学生都瞪着眼睛，不知所措。张老师凭着经验认为这是响伢子的尿，还问响伢子身上是否有屎，又叫学生查看。响伢子双手拽着裤子，学生脱不下就凑上鼻子闻，还没有弄清楚就哇哇呕吐，喊叫着："臭死了。"

响伢子不再上课，被在附近的亲戚送了回去，亲戚给他换了干净的裤子。张老师随即带领大家走向茅厕，告诉我们拉屎撒尿的常识。

张老师接纳我为学生，却不给我发书，我羡慕又诧异地看着她将新书发给同学们。将鼻涕吸溜得呼啦直响的面伢子领书时很神气，不小心掉落了裤子，露出不雅之物，我嘿嘿地笑，手舞足蹈。大家都笑了，随着张老师严厉的警告才戛然而止。

我得到两个作业本，表明我是班上的学生。假期里张老师没有为我预订课本，学期完了我也没有新书。我用着表姐涂得面目全非的书本，有的地方撕掉了，表姐说表叔撕去吸烟了。从此我厌恶表叔的臭嘴，它弄得我的课本残缺不全。表叔不给我交学费，说我还不是他的儿子，哪天我跑了，他就白花钱了。

表叔卖掉了草药，卖了多少钱谁也不知道，他一向谎话连篇。为了给我交学费，表婶深夜里掏了他的口袋，起床后他发现钱少了，怀疑我作案，喊着我的小名破口大骂："兔崽子。"

表婶挺身而出，举着钱喊叫："我给伢子交学费。"

表叔愤怒地抢走钱，表婶噘着嘴巴，几天不跟他说话。我惶恐不安，生怕他们打起来。表叔去外地给生产队买牛，表婶卖掉一些草药和鸡蛋给我交了学费。在集市上，她为了几分钱跟人讨价还价。她将草药卖给医疗点，拿到了钱，立即赶往学校，战战兢兢将钱交给张老师，还嘟囔着："其余的钱我尽快送过来。"

张老师反复强调："还差七角钱。"

表婶后来没有给我送学费，张老师也没有向我催缴学费。我期中考试得了第三名，只比第一名少两分，表叔就掏出七角钱补上。他没有像其他家长那样自豪地摸着孩子的脑袋，却用怪异的目光盯得我浑身发麻。张老师觉得不妥，赶忙说："不要这样，要多鼓励，好孩子是夸出来的。"

我不知道学习好会让表叔缴纳学费，却知道会得到老师表扬。我将许多大龄同学甩在后面，张老师拿我举例鞭策他们。我满以为获得期终考试第二名会让表叔高兴，他却无情地打击我："比第一名少了三分。"

表婶听到其他同学的成绩，高兴地说："第三名比他少了五分。"

第二学期我是第一名，语文算术得了双百分。得过第一的王倍林嫉妒我，撺掇同学远离我，使我的班长工作无法开展。张老师警告他，但念及他爹王举旗是大队治保主任，只点到为止。他变本加厉地挑拨离间，将许多人笼络在一起，令我更加孤立。他骂我是没有爹妈的野种，我呜呜地哭，班长尊严荡然无存。张老师训斥他，让他在课堂上站了一节课。表姐知道后，骂我窝囊废，还用恶毒的言语骂了很久。我没有看到她教训王倍林，但有人告诉我，她左右开弓地抽打他的耳光，打得他哇哇大哭。

大家担心的事情发生了，王举旗放弃在社员家里大吃大喝的机会，来到学校兴师问罪。他站在教室门口，像历数坏分子罪状一样数落张老师不是，张老师点头如捣蒜泥，连连称是，仿佛只会这样说。表姐被叫到王举旗面前，她胆怯地低着头，哽咽着。王举旗张牙舞爪，却没有打她，只让她淋了一回口水。他离开时说："你这个疯婆子，将来没有人要你。"

在去茅厕的路上，表姐看到王倍林立即跑了过去，拿着石头。她站在王倍林面前，大声喊叫："再欺侮我弟弟，我就打死你。"

表姐为我在学校里撑起一片天，我又生龙活虎，考试连得第一。表姐所作所为，遭到老师的严厉批评，她身心受到伤害，屡屡旷课，成绩一落千丈。在表叔责骂和表婶埋怨声中，她自暴自弃，动辄与同学打架，还打得人家住院治疗。

表姐有时给我使坏，让我捉摸不透她是什么人。那天表叔要表姐从代销店里购买煤油和盐，面对瓢泼大雨，他递给表姐的是煤油瓶和盐钵子，不是挡雨的雨具。他对我也是这样，还厉声说："去给姐姐帮忙。"

雨小了我们才去上学，表姐却希望雨不停地下，她就能坐在屋檐下，悠闲地看着倾盆大雨肆虐巍峨的群山。她嘟囔着："使劲下，下它个三天三夜。"

听到她这么说，我也嘀咕起来，像表叔祭祀那样念着天灵灵，地灵灵，然后补上一句："大雨给我停一停……"

在老师关爱和同学追捧下，我喜欢上学。当老师走进教室，我站起来对着黑板上的毛主席像，大声喊着起立并向伟大领袖毛主席敬礼时，感到无比自豪。

大雨下了很久才停下来，在表姐不去与我要去学校的较量中，我赢了，当然表婶的作用尤为重要。表姐挎着两只篮子，身子往一边倾斜，似乎放置煤油瓶和盐钵子的篮子比装着书本的重了许多，她歪斜着行走，像腿脚有毛病。我们赶到学校时，老师正领着学生在操场上挖沟放水，操场上水沟纵横交错，像一张棋盘。

没有上课，我就和同学攀着楼梯栏杆往下滑，比试谁滑得好滑得快。我们玩得兴起时，表姐提着篮子急匆匆过来了，她没有将不上课的消息告诉我，而是大声指责："不要玩了，会摔死人的。"

表姐的训斥让我在同学面前颜面扫地，我是个好学生，习惯了别人恭维夸赞。我顶撞她，不需要酝酿情绪，张口便来："才会摔死你。"

她追了过来，我拔腿就跑，她就骂我。她骂了几句停住了，因为老师来了。我们去代销店时又和好如初，仿佛什么都没有发生。她站在代销店柜台外大声喊叫，仿佛不是购买两斤煤油和五斤食盐，是做一笔大买卖。店主舀好煤油，称好食盐，她却说钱不见了。她手忙脚乱地翻着口袋，又翻着书篮子，还折腾我的口袋和书篮子，动作粗鲁。店主停止铲盐，他不着急，没有钱就将盐倒回去，就这么简单。

她在教室里找了我，又走向茅厕，还往黑漆漆的茅坑里看了又看。她双手抓着头发蹲在代销店墙角，在我催促下才提着篮子回家。她走走停停，两只脚踢到一起，痛得龇牙咧嘴。路上不断有人催促我们早点回去："要下雨了。"

回家后表姐提着篮子去打猪草，我喝了茶，赶忙放下碗拿着篮子跟上去。她打满自己的篮子，又替我打草，还用脚踩紧踏实，弄得我提篮子很吃力。表叔表婶看着两篮子青草，嘿嘿地笑。表婶说明天不用打草了，表叔咬着旱烟杆说："越来越懂事了。"

表叔只在耕读夜校认过字，但账算得很清楚。表叔问煤油和食盐在哪里，又向表姐伸着手："剩下的钱给我。"

表姐转过身去，走开几步。表叔见她没有回应，就骂道："你聋了还是哑巴了？"

在表婶安抚和催促下，她哭着说："钱丢了。"

表叔怒不可遏，拿着扁担将表姐追出很远，要不是表婶极力劝阻，他还要追下去。表姐边跑边喊："是二伢子弄丢了钱。"

我来不及申辩，表叔一记耳光打得我晕头转向，还将我踢倒在地。我眼冒金星，双脚剧烈疼痛，仿佛骨头断裂了，爬起来拼命逃跑。我顽强地爬到竹林里，坐在湿漉漉的草地上，任由雨水浸湿我的裤子。

我躲在青元老汉牛栏上面的稻草堆里，身子剧烈疼痛，迷迷糊糊睡着了。我被表叔和表婶的喊叫声吵醒时，已是深更半夜。他们喊得啾鸣的虫子停了下来，我也不为所动，依旧躺在那里。他们以为我跑了，立即请人帮忙寻找。我听到表叔对他们说："他脚痛走不远的。"表婶不停地责怪表叔，他毫无悔意，依旧大声责怪："我要卖多少药材才有两块钱。"

他们举着火把呼天喊地地寻找，像全民灭鼠一样，不放过任何角落。我想制止他们折腾，张开嘴巴脸上疼痛不已，就打消念头。我后来喊叫过，可是他们走远了。第二天太阳将树叶照出稀疏斑驳的影子时，表姐垂头丧气回来了，表叔表婶和村里人依旧村里村外地对我围追堵截。表姐提着篮子上学后，我从牛栏上下来，可是她锁了门。我找不到钥匙，就空手走向学校。

6

我哭丧着脸踽踽独行，居然有人跟我打招呼，仿佛我是大队干部，跟我说话是一种荣耀。那头在池塘里吱吱喝水的老牛，抬起头嘴里的水像撒尿一样流下来，也张嘴对我哞哞叫唤。我不会将从头顶掠过的鸟和草丛里鸣叫的虫子，视为要与我亲密接触，我像对待跟我打招呼的人那样，对它们的吵闹不胜其烦。有人遇到在外面寻找我的表叔表婶，立即说："你家伢子低着头不说话，像谁欺侮了他。"

表叔赶忙来到学校，核实我是否上学。我看到他站在窗外，立即趴在桌子上，伤心哭泣。这个被我渐渐接受的家伙，从昨晚开始成为我心中的恶魔。他看不到我就上蹿下跳，老师喊着我的名字，我不得不抬起头。

下课后表姐来找我，她满脸愧疚，我冷冷地看了她一眼，飞快地跑开了。我后悔了，应该瘸着腿，装得伤势严重。又一个课间休息，我不再亡命逃跑，而是瘸着走路。我被自己的行为感动得直哭，肩膀抖得很高，可是她没有过来，而是和同学在操场里嬉笑打闹。放学后她堵在教室门口，我推开她冲了出去。我对无端栽赃又惨遭毒打怒不可遏，多年后也难以释怀。我两眼一黑栽倒在地上，她将我拉起来，我站立不稳又倒了下去。她忘记了我还是昨天早上吃的饭，以为我吓唬她，就说："莫闹了，快起来。"

我涕泪交流，伤心哭泣。我屈着腿，将脑袋埋进搭在膝盖上的臂弯里。我不跟她说话，也决定不搭理表叔，他们都不是好人，心肠很坏。我慢慢站起来，对着伸手搀扶我的表姐大声呵斥："你走开。"

我走到红薯地，摘着嫩绿的叶子，却没有送进嘴里。我和小伙伴在地里撒过尿，虽然不是这里，但不能排除别人撒尿。我顾不上别人将我当作窃贼，伸手在地里刨了起来，挖到红薯就用土盖住小坑，换个地方再刨土。表姐冷眼旁观，恶语相向，说我是王荣学，是陈先凤。我不知道这俩货是谁，我的课文里没有他们的斑斑劣迹，从她愤怒的表情里，我猜想他们应该不是好人。我刨了两个红薯就跑向社员倾倒垃圾的小河，在那里洗净红薯还喝了水。表姐说水很脏，我置之不理，又多喝了几口——喝死算了。

我吃完红薯便拔腿就跑，表姐提着书篮子，不是我的对手。一眨眼我已跑出很远，我没有回家，而是往村外跑去。表姐急得直跳，大声哭求，我看到一片坟地才停下来的，黄昏里阴森森的墓碑让我毛骨悚然，我想到过死，但看到这些依然害怕。我往回走了，觉得离坟地越远，心里越踏实。我不想回到表姐房间的门板上睡觉，却不知不觉往表叔家里走去，我在柴火垛边停下来，再走就被他们发现了。我听到表叔对表婶说："他去上学了，不会跑的。"

表婶说："黑灯瞎火，我担心他掉进水沟和茅草蓬里。"

表婶又说："你叫几个人去找一找。"

我不想看到表叔和表姐，又回到青元老汉的破烂牛栏上。表婶在地坪里喊我，双手套在嘴上，声音没有增大，瓮声瓮气反而让人听不清楚。我张嘴准备答应，又放弃回应，因表叔骂我："兔崽子，不让老子消停一下。"

表叔和表姐出去寻找后，我回去了。我天真地认为可以吃饱肚子再回到牛栏上，继续让表叔和表姐折腾。可是我刚走到地坪，表婶就大声喊叫："胡记清，二伢子回来了。"

她又喊着表姐："……要你爹多赶紧回来。"

表婶给我煎鸡蛋，炒腊肉，声音很响。吃饭时她反复问我，辣不辣，咸不咸。我吃饱了有了力气，却没有了离开的勇气。我低着头站在角落里，不安地捻起衣服下摆，又将它展开。表叔没有骂我，不过那张皱纹丛生的脸猛地抽动，像疼痛难忍。他没有骂人的原因很多，关键是怕我逃跑。他咬着旱烟杆噗噗地抽烟，努力掩盖难看的脸色。表姐也躲着我，不安地走动，然后孤独地坐在黑夜里。

表姐没有跟我说话，我也不理她。深夜里她破天荒给我盖被子，我惊醒后故意踢开被子，直挺挺地躺着。上学时她帮我提着书篮子，我抢夺不成就松手离开，大声吼叫："不要你管。"

我也不再跟她去拾柴放牛打猪草，独自提着篮子出去，她追了过来，形影不离地跟着我，问这问那，让我心烦。我让她先走，我的拖延让表叔不满，表婶也催促起来。

我坐在那里发呆，有人跟我说话，我也不回应，还起身离开。上课时我神情恍惚，作业自然乱七八糟，成绩直线下滑。表姐进入公社初中后，我还逃课，早晨我提着书篮子出去，黄昏时跟着上学的人一道回来，却在山上玩耍一天。老师家访后表叔气得七窍生烟，表婶哭哭啼啼。我低头不语，脑袋越来越低，像挂在胸脯上的葫芦。表叔用竹枝抽我，反复表明他已尽职尽责，如今这样是我咎由自取。我以为他做做样子，他却用力打我，我没有躲闪，也没有哭泣。我伤透了心，跟他赌气："你打死我算了。"

表姐在学校寄宿后，我承揽了打猪草的活。路边和小沟里青草多，我不用去陡峭的山上拾柴，山上有蛇，有马蜂，还有野兽……我也不喜欢放牛，黄牛脾气暴躁，动辄向人示威，我喊叫着挥舞木棍，它也向我逼来，它嘴里喷吐的气味臭不可闻。

　　我要多打猪草，好让表叔表婶满意。他们觉得我长大了，能多干活，就多养了一头猪。那天碧空如洗，我背着篮子，拿着镰刀，快步走进山川田野，生怕小伙伴跟上来，与我抢夺草料。在那个青草茂盛的地方，我很快装满了篮子，可是贪婪使我走向岩石下那片郁郁青青的嫩草，我跑了起来，担心去晚了青草就归了他人所有。我左手抓着青草，右手迅速插入镰刀，用力一拉，青草割了下来。一条蛇像树棍一样立着，晃动脑袋向我喷着毒液。我魂飞魄散，挥舞镰刀自卫。镰刀砍到了蛇，我感觉到了阻力，听到呲啦的声音。蛇偏向一边，很快消失了。看着身上的毒液，我害怕地哭了，仿佛被蛇咬了一口，担心有生命危险。我赶忙去小河里清洗，除去衣服蹲在水坑里，将身子搓得像泡过水的红纸。我反复搓着衣服上的毒液，出现断纱才停下来。我光着上身回家，表叔愤怒地看着我，什么也没有说，他经常光着膀子，那是图个凉快。表婶以为我出汗弄湿了衣服，要我放到脚盆里："我晚上再洗。"

　　我想告诉他们发生的事情，寻求安慰，可是表叔骂我："整天吊拉着脸，谁欠你的。"

　　我咬着嘴唇，将话咽了下去。

　　放假后表姐去打猪草，我就上山拾柴。那座古木参天的老鹰山很神秘，有人说那里干柴多，我心驰神往。我鼓足勇气上山，仅因跟飞伢子打赌，为了上学时让他帮我提书篮子。山上果然到处是枯枝烂叶，我麻利地捡拾。侧前方突然出现一头大猪和几头小猪，我以为是自己紧张害怕出现了幻觉。没有人跟我说过山上有野猪，我放松了警惕。它们跟表婶养的生猪差不多，但嘴长，皮毛粗糙。我以为它们是山那边社员家里的生猪，或者是从生产队养猪场跑出来。我像表婶唤猪一样啰啰地喊叫，小猪开始乱窜，却没有逃走，大猪哼叫着向我冲过来。我害怕了，哭喊着后退。我的砍柴刀在它身上砍出沉闷的声音，像砍在鼓上。我没有砍开它厚实的皮肉，反而被它拱翻了，把我拱到悬崖边。

我全身剧烈疼痛，鲜血直流，仿佛举向大猪的砍柴刀砍了自己。我咬牙爬了上来，试图站起来，脚却钻心地疼，像被砍断了。我握着脚，咿咿呀呀向人求助："来人呀，来帮我呀。"

山下喊声震天，却只有两个人过来。我哭求之后，他们背着我回去，同时弄走了我捡好的柴火。表叔见我伤势严重，吊着脸，骂骂咧咧。他没有送我去卫生院，也没有去找治疗跌打损伤的游医，而是自己给我治疗。为了让我放心，他说拜过一个姓古的民间医生，还吹嘘有过成功的案例。他折腾长霉的草药，弄得浮尘弥漫。他用剁草刀剁着草药，又在石磨上碾磨成粉末，用烧开的桐油调成糊状，冷却后敷在我的脚上。他从医疗点买来一支软膏涂在我开裂的伤口上，黄澄澄的像一坨坨眼屎。他定时给我换药，还说出许多道理，似乎经过专业培训。

　　事有凑巧，飞伢子的弟弟爬树时摔伤了，胡世引请来卫生院的医生。医生看完病被胡世引带到我家。医生看着我的脚伤，大声埋怨："这样会把脚弄残的，会耽误他一辈子。"

　　他夸大病情一来显示自己医术高明，也为抬高治疗费用增加筹码。我信以为真，急得直哭，泪水滚滚而出。他又说："有我在，包你治好。"

　　医生认真处理着伤口，像治疗疑难杂症。表叔嘴唇哆嗦，像冻得发抖："这要搞掉我好多钱。"

7

我的脚还没痊愈就开学了，表叔第一天背我去了学校，随后便不闻不问，说耽误他出工。这个挑着担子健步如飞的汉子，说我的身子死沉死沉，像块石头。放学后我知道他不会来接我，就向老师求助，老师安排同学送我。同学背着我走了一阵，弄得满头大汗就离开了。有人说："我们去叫你表叔过来。"

我被更爹背了回去，我不知道他是第几个来到我身边的人，只觉得许多人从我身边经过，惊愕地看着我。有人问我是谁，谁的伢子，我都告诉他们："表叔叫胡记清。"

于是有这样的声音："不是亲生的，就不值钱了。"

我不能上茅厕，就咬牙憋着。我佩服自己超强的忍耐力，快放学时才上茅厕。我扶着课桌往门口挪动，到了门口我犯难了，茅厕在操场斜对面，路面坑坑洼洼，还要上坡。老师安排大个子伍合华背我过去，他趁机提出要求："帮我写作业。"

我"嗨"了一声，表明一桩小事。我果断答应不全是要他送我去茅厕，也希望他成为我的朋友。从此我的书篮子里多了两本作业，我将它们放在最下面，生怕别人看到。我挂拐行走后，飞伢子帮我提着书篮子，觉得书篮子很沉，就查看里面装着什么。他说我偷拿伍合华的作业本，我不能出卖伍合华，只说慌乱中拿错了。飞伢子不再信我，是后来又看到伍合华的作业本。他很纳闷："为什么要拿伍合华很脏很破的本子？"

有人品行不好偷拿东西，被老师在课堂上说了出来，他没有指名道姓，我却感到字字为我设定。我痴呆地看着桌边的地缝，想象一声惊雷从窗而入，将它洞开，我一往无前地走进去……从此我不要伍合华搀扶，尽管他执意要帮助我，还不要我写作业。同学们似乎知道了我的行为，目光怪异地看着我。没有同学帮助，我就在书篮子上拴根绳子，将它背在身上。那次我跃过一条水沟，书篮子翻转过来，瓶子掉出来摔坏了，墨汁溅了我一身，书本洒落一地，有一本掉进水里。我捡起书本，背着书篮子，擦干眼泪继续行走。

我在学校里处境艰难，就对表叔说："我不想上学了。"

表叔骂了一阵，说我休学正好帮他干活，还要我去拿回学费，我又被迫坐进教室里。后来我发觉可以向老师说明情况，要伍合华证明，他却死活不去。我壮着胆子去找老师，老师不承认那次是说我，告诫我不要胡思乱想，要集中精力搞好学习。

我没有喊表婶一声妈，更没有喊表叔一声爹。我喊不出来，那个叫风毛记的才是我爹，刘阿嫂才是我妈。我想回家，却不认识路。按照这里的习俗，寄养的儿子实际就是倒插门女婿。有人跟我说过，我权当调侃取笑。再次听到这种说法，我有些害怕，但想到大一点我会找到回家的路，就可以一走了之，心里踏实了。

在那个风和日丽的星期天，我拿着两个蒸红薯，准备上山捡拾柴火。表婶突然给我一套新衣服，我心想这是去走亲戚，问她："去哪里？"

她说："今天你爹过来。"

我眼里盈出泪水，多年来爹对我不闻不问。我将新衣服放在凳子上，茫然地站着。我要穿着破烂衣服，展现平时真实的状态。表婶催促着："穿上吧。"

我不想表现优越生活的假象，就搪塞说等爹过来时再穿，现在穿就弄脏了。

表婶端水给我洗头，在我头上放着洗衣粉，我第一次享受表姐洗头的待遇。我很少洗头，非洗不可就去小河里，在头上涂抹一层淤泥，想象它是肥皂。表婶在我头上弄出许多泡沫，泡沫飘落下来，我捧起来放在头上，生怕浪费了。她打听大队剃头的括弧老子在哪里，有没有人能给他捎个信，让他过来给我剃头。她没有让我去找括弧老子，似乎担心我一去不回。

爹中午就到了，却没有赶上表叔家的午饭，午饭比往常早了许多，我认为他们是特意这么安排的。爹没有理睬表叔递来的老旱烟和表婶端来的热茶，走过来摸着我的头，将我揽在怀里，弄得我泪眼汪汪。

晚上青元老汉和胡贵平过来了。表婶立即备酒置菜，他们喜笑颜开，还咂巴着嘴吞咽口水。见我坐在那里，表叔要我跟表姐出去玩耍。我不知道他们是在炮制抱养我的协议，我的命运掌握在这几个胡说八道的人手里。以文字的形式将我变成表叔表婶的儿子后，表婶站在地坪里激动地喊道："凡娥几，带弟弟回来呷酒。"

那一晚我彻夜难眠，以为明天能跟爹回家，去看望妈妈，能和哥哥弟弟玩耍。我借着窗外暗淡的月光，看着柜子上睡觉的表姐，想着和她相处的岁月。她帮我打草拾柴，帮我教训王倍林，我要感谢她，告诉她我会过来看她。我轻声地喊她，她没有应答，却翻过身去。我以为她醒了，又轻声喊道："表姐——"

她打着响亮的猪婆鼾，接着是长长的嘘嘘声。我听了一夜表姐的呼呼声和嘘嘘声，第二天耳朵里还呼呼的又嘘嘘的。

爹睡在外面杂物间，天未亮起床了，我以为他去茅厕，赶忙说："爹，去茅厕点个光。"

爹吓了一跳，应答声支支吾吾，像喉咙里卡着东西。过了一会儿，他以为我睡着了，便穿衣起床。我走出来对他说："你不熟悉地方，我陪你去。"

他打着火，我们守着摇曳的火光走向边角的茅厕。我提醒他小心蜘蛛网和稻草。他咿咿呀呀，仿佛始终在用力排泄。他站不起来就向我求助："我腿麻了，进来扶我一把。"

他坐着抽烟，直到天亮。他心神不宁，我就说："少抽点烟，屋子里东西多，小心着火。"

爹大清早要离开，表叔表婶虚情假意地挽留，让我看到纯朴老实人的另一面。我拿着书篮子和衣服跟在后面，爹却要我回去。我急得直哭，冲上去抱住他的腿，大声哭喊。表叔表婶粗鲁地掰着我的手，表婶龇牙咧嘴地说："你掰那只手，我掰这只。"

他们没有得逞，就站在两边守着我，他们不停地劝说，却没有一句打动我。我松了口气，表叔又掰着我的手，大声喊着表婶："快动手。"

我张开嘴巴，却没有咬下去，只是用力捶打他们的胳膊。爹泪眼汪汪，吸着鼻涕，脸上像涂抹一层糨糊。表姐见状对我说："你现在回去，就不能上学了。"

我嘴里说不上就不上，心里却犹豫了。爹见机说道："跟学校说好后再回去，那时什么都不耽误。"

我累了，就停了下来。想到爹要走那么远，我不再折腾。我坐在地上，他们就蹲在旁边。村里人过来了，我要爹离开，也要表叔表婶出工。爹和表叔表婶继续陪着我，我看了一眼，一声不响地离开了。

表叔表婶一反常态，变得和蔼可亲。我猪草打少了，没有捡拾柴火，他们也不生气，还安慰我。我跟小伙伴吵架，他们不再不辨是非地训斥我，有时还替我申辩，吓唬欺侮我的人。他们给我买了新书包，是我羡慕得要死的军用挎包，还给我打了床，刷上油漆，像新媳妇的嫁妆，可是我闻不了油漆味。我将新床让给表姐，以为她会感谢我，她却说："没有细伢子睡这种床的。"

大家心知肚明，我既是给表叔表婶传宗接代和养老送终的儿子，也是他们的女婿。他们没有挑明关系，是担心我倔强的性格会搞砸事情。他们悄悄准备着，认为既成事实后，我再吵闹也无力回天。我提出从表姐屋子里搬出来的那个晚上，表叔用浸着药物的破布捂着我的鼻子，让我沉睡不醒，然后将我抱到表姐的新床上。我就这样睡到除妈妈外的另一个女人身边，可是这个女人让我深恶痛绝。我在她呼呼又嘘嘘的鼾声里酣睡如泥，她醒来赏赐了我两记耳光，我都没有醒。我被她踢下床才醒过来，我呜呜地哭。表叔装腔作势地喊话，表婶提着油灯过来，努力证明我的行为与他们无关。表姐哭喊着："臭流氓。"

我急忙辩解："我什么都不知道。"

　　我不知道这是他们的诡计，表婶大声呵斥表姐，不准她哭闹，我深受感动，觉得她像妈妈。我需要妈妈呵护，张开嘴巴，想喊她一声妈，却没有喊出来。

　　我和表姐形同路人。我趁机搬出她的屋子，睡在外面的杂物间。

8

　　煎熬的等待没有影响我的学业，期终我考出了好成绩，还被评为三好学生。我揣着写满好评的通知书，看着通往村外的路，希望爹突然出现。表叔坐在墙角抽烟，弄得烟雾缭绕，像着火了。表婶紧绷着脸，拍打额头，让人心痛。他们骗我："过完年你爹会过来的。"

　　过完年我又看着村口的路，表叔表婶就带着我走亲戚，我不去，生怕爹过来看不到我。他们说过了"破五"爹会过来，初五之前有什么讲究，我一无所知，却对此深信不疑。初五之后爹还是没有过来，我泪眼汪汪，坐在角落里发呆。表叔表婶轮番跟我说话，我以为他们会说过了十五爹会过来，他们却这样说："就在我们家里，我们会好好待你。"

　　一次次失望后，我不再痴呆地看着村口。

　　我想离开这里，远离表姐，爹不来接我，就让表叔送我回去。我哭着对他们说："……想我妈了。"

　　他们不停地干活，似乎没有时间跟我说话。表叔摆弄着破旧的农具，觉得放在哪里都不合适。这个很少串门的家伙，在邻居家里一待就半天，明显躲着我。表婶煮好猪食，取下红薯藤剁了起来，她龇牙咧嘴，剁开了砧板。她的叹息像哭一样，仿佛弄坏一件稀世珍宝。

表叔不送我回家，我就自己找回去。那个星期天，我沿着爹过来的路和残存的记忆走去，逢人便问。可是我说不出家在何方，只能说爹叫风毛记。我不停地走，遇到岔路就停下来，反复琢磨后就选定一条路走去。我走得很慢，总觉得这不是回家的路。我不敢询问，又怕他们说："谁知道风毛记？"还有埋怨声，"连爹妈叫什么和家在哪里都不知道，问什么路。"

我又来到岔路口，中间的茅草很深，有一块石碑，我以为是坟茔，不觉毛骨悚然。一头黄牛径直走到石碑旁边，伸着舌头将青草卷进嘴里，嚼出嚓嚓的声音。一个衣衫褴褛的伢子挥舞竹枝蹦蹦跳跳走来，像踩着弹簧。我张开了嘴，发出声音，却不是问路。石碑不是墓碑，我好奇地靠了上去，响亮地念着上面的字："弓开弦断，箭来碑挡，左走红湾，右走石塘。"

从上面找不到回家的路，我就看着伢子挥舞竹枝抽打草叶，看着挂满粪球的牛尾巴甩来甩去。有一个粪球飞了出去，在树丛里滚得窸窸窣窣。

我突然看到在坡上抽烟的表叔，他要我回去不需要理由。他怒目圆睁，语气生硬，这是他对待我的态度。他唠叨个没完，我只记住这句话：

"我会送你回去。"

表叔不会兑现承诺，他向来言而无信。我决定调皮捣蛋变成坏伢子，让他失望，像甩掉包袱一样送我回去。我觉得这样准能成功，还掏钱去代销店买一粒硬糖庆贺。我乘人不备解开胡世引拴在田垄边的羊，羊吃了庄稼遭到村民追打，却没有人说是我所为。在青元老汉八十生日宴席上，我捡到一串没有炸响的鞭炮，在上面缠着细铁丝，趁力伢子家的黄狗来到身边，挂在狗脖子上印有"狂犬免疫"的铁牌上。我有些害怕地点响了鞭炮。黄狗仓皇逃窜，有人嘻嘻哈哈，说鞭炮太短，挂上长鞭才过瘾。表叔骂了我好久，歇口气接着又骂："回去老子打死你。"

回家后表叔没有骂我，也没有打我，只是远离我。他坐在李树下抽烟，眯着眼睛，随后睡着了。

他们不送我回去，我就变本加厉地折腾。一番思考后，我准备作弄胡贵平，从他房屋边的木桥下手，取走垫着木桥的石头，换上枯枝和茅草，他踏上去会摔得四脚朝天。胡贵平没有踏上去，那头老牛替他踏上去了。那天胡贵平往稻田里挑大粪，我拿着石头走了过去。我找准机会，举着石头用力往粪桶里砸去。他大骂不止，放下粪桶追我。一只粪桶倒了，粪洒在茅草里，他才停止追赶，但骂了很久，还骂表叔。

表叔朝着我追过来，见我越跑越远，就乞求前边的人帮忙抓住我。他骂了我一上午，大多是"我打死你"。

在学校里我也淘气。从老师严厉惩罚我的做法上，可以断定我作弄同学效果很好。草丛里一条色彩艳丽的四脚蛇，面对来自我的威胁，断尾逃生也没有获得生存的权利。我将四脚蛇放进那个骂我的女同学的抽屉里，她捏着四脚蛇反复端详，像把玩一件精美的玩具。看到恶心的四脚蛇，同学们失声尖叫，大多是男同学的叫声。

老师一口咬定是我所为，命令我立即弄走它。我矢口否认，拒绝执行命令，他将我赶出教室，还将四脚蛇砸在我身上。老师告诉了表叔，表叔骂没骂人我不知道，这个喜欢背地里说人长短的家伙愤怒地看着我，然后蹲在角落里抽烟。

我也被别人整治了，惨不忍睹。飞伢子是我的朋友，同我作弄过别人，却反过头来算计我，让表叔恨得咬牙切齿，还打了我。那天放学回家，我们嘻嘻哈哈打打闹闹，飞伢子问我敢不敢做大一点的，那挑衅的语气，显然不信任我。我摆出仁人志士大义凛然的气势，喊出电影里的台词："上刀山，下火海，我勇往直前。"

飞伢子提前做了功课，提出烧掉路边的柴火时，小伙伴异口同声说是胡世将的东西。胡世将跟表叔老死不相往来，他给生产队仓库放置老鼠药，没有通知表婶，将表婶的鸡鸭药死了好几只。我很高兴，能替表叔表婶报仇。我恨表叔，更恨胡世将，这个老家伙背地里没少说我的坏话。有一次他将我放的羊赶到很远的地方，我们折腾到深夜才找到。我没有点火，除了担心弄错，也害怕火烧到山上。小伙伴众口一词保证不会出错，又指天发誓严守秘密，我还是没有动手。我想等到一个无风的阴天，最好下着雨，能烧掉柴火，又烧不到山上。飞伢子急得直跳，大声催促："点火呀，快点火呀。"

我岂能被一个挂着鼻涕的毛孩子左右，他反复催促，我反而不急，还很反感。我反问他："你怎么不去点火？"

飞伢子不再理我，我喊他，他远远地走开。他许诺用还在扬花的李树将来结出的果子犒赏小伙伴，他们就不再跟我说话，都远离我孤立我。我要跟他们搞好关系，立即去找飞伢子，答应放学后去点火。离柴火越来越近，我心里怦怦直跳，顿感前胸和后背疼痛。我需要小伙伴，我要报复胡世将。

我全身颤抖，好几次都没有擦着火柴。飞伢子为我代劳了，我接过火柴，迅速扔向柴火堆。我用了很大的力气，希望火苗在快速飞行中熄灭。飞伢子笑话我，其他人齐声附和，笑我胆小，不会做事。火苗点燃了柴火，飞伢子和小伙伴挡在我和柴火中间，阻止我上去灭火。他们达到目的，便喊叫着离开了。我躲在隐蔽的地方，守着柴火烧尽，确保不会烧到山上才离开。

飞伢子和小伙伴奔走相告，村里人都知道我烧了柴火。表叔破口大骂，举着扁担要打死我。表婶要我逃跑，我跑了几步却回来了，赌气让他打死算了。表婶阻挡表叔靠近我，被他拉得摔倒在地。他高举扁担打我时，表婶大声哭喊："胡记清，你也把我打死算了。"

有表婶袒护，我就骂表叔老糊涂蛋，烧掉胡世将的柴火是替他出气，他却好坏不分。我指着脑袋向他吼叫："来打这里，一下就解决问题。"

我这句"我做鬼也不放过你"，似乎把他吓住了，他半晌才说："你烧的是老子的柴火。"

9

他们抱养了我，也想方设法要生育伢子，但无非是去卫生院诊治，或者求神拜佛。天一黑他们就走出去，什么时候回来我一无所知，第二天他们照常出工，还说说笑笑。他们睡觉的屋子里面，门窗和木板缝隙上贴满了画着红色图案的黄纸，艳丽得像一片野花盛开。

那天我们正在吃饭，门楣上一张黄纸飘落下来。表叔扔下碗筷飞奔过去，重重地撞在门框上，鼻青眼肿，哎哟叫唤。黄纸落在地上，表婶伤心地哭了："完了，都完了。"

表叔赶忙将黄纸压在原来的地方，喊叫表姐取来糨糊粘贴，还要她在前面观看，黄纸是否贴得端正。

看到图案古怪的黄纸，我惶恐不安，仿佛屋子里有鬼。我替表叔表婶担忧，他们居然与鬼为伴。我不敢一个人睡，黑夜像一面土墙压在我身上，让我喘不过气。

得知纸符是阻止吮吸精血的鬼魂进入房间，我更加害怕，鬼魂不能进入他们的房间，会不会来骚扰我和表姐？我埋怨他们自私狠毒，不顾我和表姐的性命。我将想法告诉表姐，她不以为然，还训斥我："小屁伢子，不要管大人的事。"

我要保护自己，不能让鬼魂吸我的血。我不能像他们那样将屋子贴满黄纸，但可以将黄纸贴在床和被子上，让鬼魂不能下手。我从角落里揭下黄纸贴在床上，表婶见状大惊失色，像吓傻了，表叔气得咬牙切齿，拳头在离我一指远的地方挥舞，最后砸在墙壁上，痛得龇牙咧嘴。表婶埋怨他："不要震坏纸符。"

他们立即揭下黄纸，可能是我贴得太结实，也许黄纸不结实，黄纸撕坏了。我惊恐万状，听到表叔说："这下子彻底完蛋了。"

我认为墙角的孔洞和墙壁上的缝隙，还有门窗，是鬼魂出入的通道。我用作业纸堵住孔洞和缝隙，纸张不够，就给人放牛拾柴打猪草，换来一本本作业本。至于门窗，我就用黄色粉笔在上面画上图案。后来听说鬼魂害怕硫黄，我攒钱买一些洒在屋子里，表叔没有训斥，说这样蜘蛛少了。这个蠢东西关键的话没有说：苍蝇蚊子也少了。

我将孔洞塞得很严实，却被表叔说得一无是处。他抠出纸团，填上黏土，还在那个大洞里塞上石头。我依旧害怕，常常去小伙伴家里过夜，跟人挤在一起。村里人对我在外面睡觉说三道四，埋怨表叔表婶。我也让小伙伴来家里，不过他们知道原因后，都不再过来。

我觉得画着图案的黄纸安全可靠，立即购买练习大字的黄纸，裁剪成表叔屋子里纸符的大小，拿在手里像捏着一沓钱。我找不到描红的颜料，就想到路边随处可见的乌泡刺莓，汁液鲜红如血，不过颜色很快就暗淡了。我琢磨老师的红墨水，却没有胆量拿走。我要买一瓶红墨水，可以为所欲为地涂描。我没有钱，就想卖掉表叔的草药，或者剥掉自留地边的棕皮，卖掉红薯米……可是我害怕表叔打我。得知医疗点收购桃核，价格不菲，我就奔波在桃树下。在捡到桃核我认为能卖很多钱后，我就不想买红墨水了，我要去找巫婆神汉，让他们画上纸符，在上面赋予神奇的力量。我背着一袋子桃核，满心欢喜去医疗点，赤脚医生伸手在桃核里插来插去，还将桃核扔进嘴里，嚼得嘎嘣嘎嘣，然后说不收桃核。我很生气："你不收，干吗要吃我的桃核。"

桃核被表叔卖掉了，他卖给谁，卖了多少钱，我一无所知。我问过，他谎话连篇。我讨要几次，他才从泛黄的尼龙纸烟荷包里拿出两张角票，我眼疾手快将钱抢在手里。

代销店老头少两分钱卖给我红墨水，可是我打开一看，红墨水少了很多。我依旧喜笑颜开，仿佛拿着一瓶治疗绝症的良药。老师看到我拿着红墨水，好奇地问："买它干什么？"

我机智地回答："给记工员买的。"

河滩上那块平坦的石头成为我画符的桌子。我取出黄纸，在上面压着石块。在水坑里清洗毛笔后，我凭借记忆在黄纸上画了起来。平心而论，我画得比表叔屋子里的纸符好看，线条紧凑布局合理。我将画好的黄纸叠放整齐，放在书包里，走一会儿就停下来查看，反复端详。

我将黄纸贴在床上墙壁上，不怕表叔表婶看到，这是我画的纸符，不是从他们屋子里揭下来的黄纸。表姐看到了黄纸，对我的话信以为真，就向表叔哭诉："你们屋子里都有纸符，鬼就来找我了。"

表叔怒不可遏，仿佛我将天捅破了。他张牙舞爪地撕掉纸符，又歇斯底里地咒骂："兔崽子，将屋子弄得乱七八糟。"

他拿着纸符看了看，又拿去与他屋子里的纸符对比。他觉得我的纸符好看，就问是谁画的，我没有理睬，拿着砍柴刀低着头上山去了。

有一天表叔表婶垂头丧气，我以为家里死了猪，或者丢了钱。可是他们悄声嘟囔："屋子堵得那么严实，精血还是被鬼吸走了。"

表叔说："是二伢子揭掉了纸符，让鬼魂进来了。"

表婶立即制止："不要说了，让他知道，他又要胡闹。"

几天后一个残阳如血的黄昏里，我端着水瓢埋头喝水，背着破烂包袱的老神棍扁桶老子站在我面前。看到他鹰头雀脑的模样，我惊讶得喷出了水，带出鼻涕。我哇哇呕吐不是他的长相难看，是他身上太臭了。我将他当作叫花子，在我当时的认知里，丝毫没有冤枉他。我将还有不少清水的水瓢递给他，嘱咐道："你从那边喝。"

为了表明自己不是叫花子，他叽里咕噜喝水，也呜里哇啦说话，询问胡记清什么时候回来。他慵懒地躺在竹椅上，跷着二郎腿，那条毛发茂密的腿上下摆动，脚上的破旧鞋子甩了出去，落在溏鸡屎上。他折腾了好久，才将溏鸡屎弄干净。这个邋里邋遢的人竟被表叔表婶视为上宾，表叔抓着一把旱烟丝递上去，身子弯得像一只油焖大虾，表婶端上热茶，嘴角笑得像弯月。随后表叔陪客表婶做饭，这个糟老头子神气地指使我清扫台阶上和地坪里的溏鸡屎。

吃饭时扁桶老子独霸一方，其实我们一家人，还有陪同的青元老汉和胡贵平没人愿意跟他坐在一起，他身边围着许多苍蝇，嗡嗡地让人厌烦。他伸手将一只苍蝇拍落在菜碗里，却佯装不见，任凭它在汤汁里挣扎。表叔赶忙夹出苍蝇，调侃着："嘿——还有自己找死的。"

扁桶老子坐在那里，像一具包着皮的骷髅。表叔给他搛菜，表婶给他倒酒，说着好听的话。他饭碗里的菜堆得像小山，还将筷子伸得像铲车一样。他打着鞭炮似的饱嗝，肩膀抖得很高，依旧大吃大喝。青元老汉和胡贵平连连摇头。我和表姐搛了菜就跑出去，赶忙躲进黑暗里。

扁桶老子能吃能喝，也很能干，吃完饭就脱下衣服，穿上法袍戴上法帽，在脸上画着油彩。他在地坪口插上旗子，表叔过去帮忙，他却说表叔弄错了。随后他在长凳上摆放一条熏黄的鲤鱼，一块长着霉斑的腊肉，一只捆住翅膀和爪子的大公鸡。表叔在旁边摆着糖果花生和饼干，还有钱，用红纸包着。我无法理解供奉鬼魂的钱为什么不是纸钱，而是活人使用的人民币。扁桶老子挥舞着点着火的纸钱，将最后一团火轻轻掸在供品上，嘴里念着："我是天目，与天相逐……"

表叔表婶为了生育儿子，穷尽一切办法。他们在地坪口摆上供品，烧着纸钱。他们也去医院问诊，还去城里，带回大包小包药物。从此我有了熬制中药的任务，还要严守规程，不然会遭到训斥。

10

病恹恹的表婶怀孕了，村里人觉得很蹊跷。表婶妊娠特征日益明显，他们才相信这棵"枯树"又要开花结果了。胡贵平相信表婶怀孕，是婆娘莲花婶子骂他长着猪脑子："人都要出来了，你还不相信。"

表婶分娩的那个晚上，最晚相信她怀孕的胡贵平首先来到表叔家里。他用铁皮喇叭喊来几个自诩经验丰富的女人，又派胡世引去大队请接生婆，还指责表叔："稀里糊涂，到现在还没有请来接生婆。"

胡世引绝尘而去，不久后又飞奔而回，他没有请来接生婆。他一着急就说不清话，嘟囔好久才说清接生婆去城里了。表叔呜呜地哭，啪啪地拍打脑袋。胡贵平问在场的女人能否接生，她们一脸茫然，悄然退到黑暗里。过了好久莲花婶子答应接生，胡贵平却不同意，说她没有接生经验。他提出火速送表婶去卫生院，并要表叔找来抬人的竹扛子。

胡世引和表叔抬着嗷嗷叫唤的表婶走了，竹杠子嘎吱嘎吱响，可以想象他们走得很艰难。表叔身子不稳，还抓着表婶的手，不时摸摸她的脸，不停地安慰。我举着葵杆火在前头给胡世引照明，表姐提着一篮子婴孩衣服，举着火把跟在表叔后面，她害怕身后的黑夜里有鬼、狼或者其他东西。恐惧影响她照明，表叔就骂她蠢猪，还有更难听的话。我被表叔叫去替换表姐，我很不情愿，但还是去了。我尽力为表叔照明，他偶尔被黑影挡住视线，就对我破口大骂："这么大了，没得屁用。"

我将葵杆火从表叔身边斜伸过去，让他看清楚路面，却点着路边的茅草花，火腾一下子炸起来，似乎要将黑夜撕个粉碎。好在持续时间短，那些棉絮一样的茅草花，只制造出点着山火的假象。表叔和胡世引立即停下来，可是对我的态度截然不同。胡世引说："小心，不要点着茅草。"

表叔却大骂不止："把山点着了，我就打死你这个……"

表叔不是顾及胡世引在场隐藏掉口头禅"短命鬼"，而是抬着表婶说话吃力，无法完整地骂出来。我除了照明，也伸脚踩踏掉落的火星，防止发生火灾。踩踏火星影响照明，表叔又生气了，将那句话咬牙切齿骂了出来。表婶看不下去，忍着剧痛劝阻："他是个伢子，你骂他干啥。"

经过那片坟地，我毛骨悚然，却不敢喊叫，不然表叔又要骂人。走了一阵表叔突然夺走我的葵杆火，将我拉得跌跌撞撞，险些摔倒。我以为他要骂我，他却说："还是我来。"

我跑到表姐后面，轻松得像飞了起来，可是我挡住她为胡世引照明。

胡世引一个趔趄，要求我去最前面。我很害怕。

在那个急转弯的陡坡地段，我拉着小树扯着茅草小心行走，生怕坠入悬崖。表叔突然跌坐在地上，大声喊叫。我以为他点着了茅草花，立即冲过去，准备帮助他灭火。茅草花没有燃烧，他扔在地上的葵杆火也没有点着茅草。他又骂我短命鬼。

表叔骂了我很久，仿佛现在的局面是我造成的。他停止叫骂，是表婶哎哟叫唤，不停地扭动，还哭诉着："我要生了。"

表叔惊恐万状，手忙脚乱将表婶抬到平地上，他大声哭喊："我的祖宗，到卫生院后你再出来。"

胡世引安慰表婶几句后走开了，用响亮的踏地声表明他走了很远。我也要回避，表叔对我说："到一边去。"

我去找胡世引，跟他在一起很安全，不会害怕野兽和鬼魂。我没有葵杆火，黑咕隆咚里不敢走过去，生怕一脚踏空掉入荆棘丛里。离表叔几米远，我坐在地上背对着他们，将脑袋靠在曲起的膝盖上。我居然睡着了，不知过了多久被婴孩的啼哭吵醒了。表叔急切地告诉胡世引是个带把的……也大声埋怨我："你他娘的打呼噜烦死了。"

胡世引还没有祝贺，表叔就张牙舞爪地喊叫："我有伢子了——"

他抱着连着胎盘的婴孩亲了又亲，弄得脸上流着黏液，像泼了一瓶胶水。他们没有剪刀，无法剪断脐带，脐带不能连接太久，不然会感染。

表婶穿好血淋淋的裤子，左手掐着离婴孩一个拳头长的脐带处，右手拇指和食指捏着脐带挤下去，将脐带血挤向胎盘，并流出来。她看了看表叔，就张开嘴巴咬断脐带。表叔脱下衣服擦干婴孩身上的黏液，像清洗一样，表婶将咬断的脐带盘在婴孩肚子上，又从衣服上撕下布带捆绑好。表婶将婴孩抱在怀里，喊着表叔和胡世引抬她回去。

我们跑着回家，表婶不停地催促，仿佛婴孩危在旦夕，需要抢赶时间救治。我举着葵杆火摔倒了，表叔没有训斥，还问我摔痛了没有。回家后表婶没有动手挤奶，或者让表叔吮吸，而是大声要求表叔取来剪刀和煤油灯，重新剪掉脐带。

表婶嫌弃煤油灯火苗太小，要表叔在灶膛里燃起旺火，像冶铁一样将剪刀放进去。她很有文化地说："再顽强的细菌也烧死了。"

表叔将布带清洗干净，放在水里烹煮。他伸手拧干布带时，表婶埋怨起来："手那么脏，布带白煮了。"

表叔端来一碗茶水，用茶水擦洗婴孩脐带。他捞出再次烹煮的布带，晾一会儿就绑在婴孩的肚脐眼上。按照表婶的要求，他剪下另一条布带放进开水里，这次烹煮时间更长，用火烤干后替换那条湿漉漉的布带。

表叔不再需要我当儿子，却不送我回去，还要我照看他的儿子毛伢子。他们去地里干活，将毛伢子放在堆满衣服的箩筐里，由胡世引的聋哑母亲照看。我放学回来，他们用布带将毛伢子捆在我背上，布带勒得很紧，勒得我满脸通红，血管胀得像裸露的树根。我不能坐在凳子上，必须不停地走动，还要晃动身子，不然毛伢子就大声哭闹，他们就会指责我。我背着毛伢子还要去灶房里烧火，照看鸡鸭。我再没有与小伙伴玩耍的时间，将毛伢子交给表婶喂奶时，小伙伴都回家了。

天气很热了，表叔从邻居家借来一顶小木轿。坐上木轿的毛伢子活泼好动，有人挑逗便手舞足蹈，咯咯地笑。有一天表叔表婶出工回来，隔老远听见毛伢子号啕大哭，表婶喊叫着奔过去。毛伢子满脸黄色的膏泥，嘴里也有，她赶忙用袖子擦拭。她明知道从胡世引母亲那里得不到信息，还不停地问："婶子，这是什么东西？"

她闻到一股臭味，立即想到那是毛伢子拉出来的屎。她不敢声张，生怕别人知道，即使给毛伢子清洗，也躲在蚊蝇飞舞的屋子里，还关上门。

表叔请来老岳母钱阿婆带毛伢子。钱阿婆腿脚不好，要拄拐才能行走。她凡事要求神问卜。一次，毛伢子得了荨麻疹，她阻止表叔表婶带他去求医问诊，而是设坛拜佛，乞求神灵护佑。

又一次，青元老汉的狗子将头伸进毛伢子的木轿里吃屎，吓得毛伢子哇哇大哭，晚上也哭闹不止。钱阿婆精神焕发，要给毛伢子蒸胎。蒸胎在这里流传已久，是给受到惊吓的婴孩招魂。讲究的人家会请来佛道高深的巫婆神汉，一般人家让德高望重的长辈主持。

有了毛伢子，他们对我不闻不问。他们没有让我回去，是我能打草拾柴放牛羊，烧火做饭带伢子。放假时我提出回家，下学期可以去老家的学校上学，他们听而不闻，还躲着我。我多次吵闹，表婶拖着长腔说："你多会来接你的。"

我眼巴巴地看着表叔，他冷冷地说："我没有时间，也不会送你回去。"

我的眼泪汩汩而出，很快泪流满面。我伤心哭泣，也努力争辩："当时是你接我过来的。"

我又说："你告诉我地方，我自己回去。"

过年前，毛伢子哭闹不止，表婶将他交给我时，他已经哭了很久。表叔从外面回来，不由分说就对我破口大骂。天天喊着回家却不肯动身的钱阿婆喜形于色，用猫叫春的声音说："要辟邪，我来施法。"

表婶抱着毛伢子晃来晃去，嘴里哼哼唧唧，毛伢子依旧哭闹不止。她将奶头塞进毛伢子嘴里，他还嗡嗡地哭，还摇头甩出奶子。大家认为毛伢子身子不适，衣服上可能有缝衣针之类的尖锐物。表婶脱下毛伢子的衣服，我和表姐瞪大眼睛寻找，像抓虱子一样。表婶捏着毛伢子的细皮嫩肉，查看是否有疖疤和肿块，以及伤口。她突然大声喊叫："蒸胎的黑线哪里去了。"

表姐在毛伢子鼓得很高的皮肉里找到黑线，黑线箍得很紧，像长在肉里。表婶激动地说："原因找到了。"

大家一齐动手，小心剪掉黑线。很快毛伢子停止啼哭，像以前一样活蹦乱跳，还咯咯地笑。

11

那天我伺候完毛伢子，就去放牛打猪草，我太累了，躺在草地上睡着了。牛吃了生产队的庄稼，表叔大骂不止，骂我的娘和祖宗，还打我。我哭喊着跑到山上，夜里也没回去。表婶在小路上喊了几声，就悄无声息了。我坐在地上，将脑袋靠在膝盖上的手臂上。我想到死，死了就不害怕山上的野兽和想象中的鬼魂。

我饥渴难耐，又冻得难受，也不想回家，但我不甘心做个饿死鬼。我晚上没有吃饭，中午也吃得少。中午吃饭时，毛伢子拉屎了，我放下碗筷提着屎垫布走向坡下的小河。他们没有让我先吃饭再干活，一句虚情假意的关心也没有，表叔还要我清洗台阶上的牛绳。我回来时他们吃完了，那点剩菜被猫打翻了。我不敢炒菜，放下碗筷负气斗狠地走了出去。我要回家去找爹妈，下定决心就往表叔家里走去，我要带走衣服还有书包。

我要吃了饭再走，哪怕是冷水泡饭，也要吃几口。我将声音弄得很响，又大声咳嗽，劈柴一样。我呼唤大黑狗，希望它大声吠叫，弄醒熟睡的表叔。我推不开门，没有气恼，我已经不在乎这里了。我没有拍打门板，这纯属胡闹，当然也害怕表叔骂我："吵什么，小心我弄死你。"

我喊叫表叔表婶开门，却没有动静。我来到表姐的窗户下，表姐的猪婆鼾使我感到叫醒她绝非易事。我喊了很久，她的呼噜一如既往地响着。我摸黑走向灶房，将走廊上的东西踢得丁零当啷。灶房前门插了门闩，我就走向后门，后门也插上了，但我从窗户上伸手拉开了门闩。我没有扑向水缸，觉得应该找到光源，照亮堆满杂物的灶房。我摸着棍子在灶膛里拨弄一下，利用火星瞬间出现的光亮，抓着一把树叶放进去，然后趴下来噘着嘴巴吹气。灰尘吹了起来，在我深呼吸中进入嘴里，嗓子像堵住了。我走到水缸边，小心地移开盖子上的东西，推开盖子，却没有咕嘟咕嘟喝水，而是含着水漱口。喝完水我又吹着树叶下的火星，吹了很久，没有像刚才那样弄得灰头土脸。火苗燃起后，我赶忙点着干葵杆。我要找饭吃，碗柜里有菜，铁锅里有饭，我却认为这些不是为我所留，是他们来不及倒进潲水桶。我吃着冷饭冷菜，泪流不止，泪水滑过脸颊掉进饭菜里，我也将它吃下去。我又大碗喝茶，茶叶进入嘴里，也咀嚼起来，然后吞下。我背着书包拿着衣服离开时，出现难舍的情结，不管过得如何，我在这里生活了六年。我希望表叔表婶挽留一下。

我将门关得啪啪直响，窗户纸呼呼啦啦，像刮起了大风。我感到破烂房子摇晃起来，我拼命奔跑不是害怕房屋倒塌，是铁了心要离开这里。在昏暗的月光里我跑了一阵，看到村子里没有动静，便停止奔跑。我就这样离开养育我六年的表叔和表婶，心里五味杂陈。我走出村子时听到表叔喊叫，很快村里像炸开了锅，狗子也狂吠不止。我也听到表婶的哭喊声："中光崽，不要走呀，黑灯瞎火的。有个三长两短，我怎么办呀。"

表婶的哭喊让我感到温暖。我渴望母爱，却没有喊过她妈妈，她与我心中的妈妈还有差距。表叔带着人向我涌来，我继续逃跑，随后听到表婶哭喊，也没有停下来。我有生育我的妈妈，我要去找她。

我以为从胡世引那里听到老家的名字，就能问路回去，可是深夜里路上空无一人。路边有房子，大门紧闭。表叔和人举着火把喊叫着过来，我慌忙躲进旁边的石头后面。我庆幸狗子没有过来，不然我会暴露目标。在前面的岔路口，表叔请求大家分头寻找，他说去我家里。我突然觉得，悄悄跟着他就能回家。

我跟着他越过陡坡，蹚过河滩，爬过高山，穿过峡谷……我没有看到坟地，却将月光里的怪石想象成阴森恐怖的墓碑，我惊恐万状，发出自己也不清楚的声音。有一次我喊了出来，表叔举着葵杆火回头看了看，冲着我喊叫。天亮了我不能离他太近，利用地形和树木遮挡和他保持着距离。我巧妙地躲避，太阳升得老高，他也没有看到我。他突然走进一户人家，红砖瓦房很气派。我以为是我家盖了新房子，还埋怨爹妈送我去表叔家住破烂房子，过着挨打受骂的日子。他又往前走，显然这里不是我家。我走了过去，去讨一碗水，也询问这里是不是光山村。我跟丢了表叔，又没有得到光山村的消息。我左顾右盼，生怕表叔在树林里歇息，或者在石头后面拉屎撒尿。我折腾一夜疲惫不堪，两腿酸痛不已，就靠在路边的柴火上睡着了。我睁开眼睛时，前面有几个细伢子，有的蹲着，有的歪斜地站着，有的拿着砍柴刀，有的拿着棍子……傻了吧唧的。一个歪着脑壳的年轻人走了过来，他右手往嘴里喂着烤红薯，左手摸着裤裆。在他引领下，细伢子嬉笑着把我当作乞丐。我揉着眼睛，整理衣服，背着书包走了。他们问我："干什么的？"

我高昂着头，用哼哼声回应他们。歪脑壳不只将我当作乞丐，还将我视为小偷。他追上来说："偷东西没有，我要检查。"

我停住脚，急赤白脸地喊叫："我不是贼，我走累了，在这里睡一下。"

他强行搜我身，我反抗了，却无法阻止他的鲁莽行为。他一无所获，放我走了。歪脑壳突然叫住我，我慌忙回应："还要干什么？"

他将剩余的烤红薯递给我，还问我："去哪里？"

我突然觉得他不那么讨厌，就接过烤红薯，告诉他："我去光山村，我爹是风毛记，妈妈是刘阿嫂。"

他说结婚的女人都叫阿嫂，大一点的男人都叫毛记，小的都叫伢子。

他不知道风毛记，但知道光山村，就对我说："翻过前面那座山，过一条河，再翻过一座山，往前走……"

第一次问路有这种结果，我激动地哭了，终于得到家的信息。随后我向三个人问路，得到渐渐明朗的答案。我很饿，却精神振奋。

表叔来到我家时，家里人正在吃饭，爹妈赶忙端茶上烟，客气地让座，还给他做饭。这个蠢货以为无论说什么，爹妈会倾其所有热情招待，他说我昨夜离家出走了，特来探听我是否回家。爹破口大骂，愤怒地甩掉旱烟杆，妈停止做饭，将勺子扔在地上。他们齐声喊叫："你把二伢子怎么啦？"

哥哥和弟弟堵住门口，防止他逃跑。爹妈和表叔大吵大闹，表叔不停地道歉，也安慰哭啼的妈妈："会找到伢子的。"

"会个屁。"爹怒气冲冲。

妈妈抓住他的袖子，大声哭喊："找不到二伢子，我跟你没完。"

表叔指天发誓一定要找到我，爹停止喊叫，妈也不再吵闹。表叔突然捂着肚子，说肚子疼痛，在爹妈看来，他病再重也要去找我，任何事情都没有找我重要。爹生气地催促，伸手推他。他哭求着："我肚子饿，一点力气也没有了。"

爹又伸手推他，力气更大，厉声呵斥："没有找到二伢子，你什么也不要想。"

　　表叔肚子里咕噜咕噜，还挤出几个响屁。爹就说："你就算饿死了，我也不怜惜你。"

　　爹和表叔还有哥哥外出找我，一路上喊着我的小名，像巫婆神汉招魂一样。在路边的代销店，表叔坐在地上痛苦呻吟。爹虽不愿意掏钱，还是给他买了发饼和散酒。他吃完东西离开时，突然看到我，就喊叫着飞奔而来。他习惯地骂我："鬼崽子，跑到哪里去了。"

　　爹老得不成样子，在表叔提醒下我才认出来，哥哥长高长结实了，但我一眼认了出来。爹对表叔非常不满，懊悔的表情看得出不应该请他吃饼喝酒。爹过来抱我，我推开他，连连后退，哥哥伸手拉我，我也用力甩开。我走到一旁，低头看着地面。

　　表叔本可以在这里跟爹完成交接，却愚蠢地跟着我们回去，结果自讨没趣，遭到一番数落。刚到村口爹就大声喊叫，还双手相合套在嘴巴上，嗡嗡的像生产队长喊出工。乡亲们围拢过来，放牛拾柴打猪草的小屁孩也过来了，他们喊叫着鼓掌欢迎。那个满脸皱纹的老汉来到我身边，反复讲述村里的情况，仿佛我离家几十年，如今功成名就荣归故里。表叔的境况很惨，在我家饱餐一顿的愿望落空了，村里人对他破口大骂，要不是生产队长催促出工，他们还会骂下去。有人想跟我说话，见我低头不语，便知趣地走了。

　　爹领着我去看望几位长辈，满面春风没有送走我的愧疚。他滔滔不绝地讲述，仿佛当年我离开是奔向美好的前程，如今名利双收了。表叔还在我家等饭，妈妈非常厌恶，没有做饭的意思。妈妈认为我在他家受尽磨难，就大骂到处拉屎的鸡鸭，踢着躺在台阶上挡路的狗子。她指桑骂槐对装聋作哑的表叔毫无作用，他依旧坐在竹椅上，眯着眼睛噗噗地抽烟，扑扑地放屁，叽里咕噜弄响肚子。妈妈见他不走，大声说："对我伢子不好，还想在我家吃饭，你想偏了脑袋。"

爹妈想知道我在表叔家的生活情况，反复询问发生了什么，我为什么要跑回家。我没有理睬，对他们不来看我不接我回家很生气，我痴呆地看着乌漆麻黑的角落和墙壁，看着蜘蛛捕杀蚊蝇。他们再三追问，我只好说："表婶对我还不错。"

这话影射表叔对我不好，包括表姐对我很苛刻。他们没有想到表姐，以为她像哥哥一样在家里人微言轻。爹又骂表叔和他祖宗十八代，还握拳砸向墙壁，震得灰渣下雪似的掉落。妈妈也骂表叔，她泪眼汪汪，呜呜咽咽。

在我上学的某一天，表叔屁颠屁颠来到我家，要爹妈支付我的抚养费，按照他的要求一分也不能少。他们争吵起来，越吵越凶。乡亲们纷至沓来，有的全家出动，这些看热闹的人希望他们继续争吵，甚至大打出手。在众多的乡亲面前，爹斗志昂扬，吼叫着要表叔滚开，还动手推搡。表叔狼狈逃窜，一遍遍喊出："你等着，你们给我等着。"

一段时间后，表叔又来了，叫来胡贵平和胡世引，两个本不想惹是生非的家伙，经不住表叔许诺双倍工钱的诱惑，胆战心惊地过来了。表叔夸夸其谈，胡贵平摇身一变成了大队干部，胡世引成了生产队长。他说胡贵平身上有枪，胡贵平挺直身子，伸手拍着腰间。爹没有怀疑胡贵平，胡贵平多年的生产队长与大队干部区别不大，不过胡世引邋里邋遢，显然不是统领几十乃至上百号人的生产队当家人。乡亲们越聚越多，爹妈不再害怕，还看出胡贵平不是大队干部。谎言被揭穿后表叔耷拉着脑袋，像被逮住的窃贼。

表叔漫天要价，远远超出爹妈的支付能力，爹还没有拒绝，乡亲们就纷纷指责，有人挥舞拳头，操着家伙。气氛又紧张起来，殴斗一触即发。他们赶忙示弱，悄然后退，在乡亲的嘲笑声里，落荒而逃。

表叔后来没再找爹索要抚养费，两家断绝了来往。实行联产承包责任制时，爹听说表叔翻修房子，传话要他过来砍树，算是对他抚养我的补偿。

12

我对爹妈将我过继给表叔耿耿于怀，回到家里一直沉默寡言，没精打采。妈妈心急如焚，逢人便说："他以前不是这样，老聪明了。"

乡亲们附和着："以前活蹦乱跳的。"

有人说："一定是打伤了脑子。"

妈妈伤心地哭了，身子抖动不已，眼泪扑簌簌落下。她伸手扒拉我的头发，一遍遍地说："告诉妈妈，他们打你哪里了。"

我猛地摇晃脑袋，说头上没有伤口，她还是一绺绺拨弄头发，像抓跳蚤一样。头上有一个小红点，她认为是针眼，还叫哥哥和弟弟观看。哥哥说那是小疹子，她深表怀疑，用手挤压，还问我："痛不痛？"

我说不痛，她才去灶房里剁草。可是她对挑水回来的爹说："你去看看二伢子头上的红点，是不是针扎的？"

爹脏兮兮的手将我的头发拨弄得像一团糟的茅草，还不肯收手。我挣扎着跑开，他就朝我追来。他指使哥哥查看我身上是否有伤，哥哥要求我脱掉衣服，我拒绝了，还骂了他。还是弟弟有办法，借着跟小伙伴打闹的机会，将一杯水泼在我身上。我更换衣服时，他在旁边来回看。

我身上安然无恙，爹妈放心了，可是乡亲们挑唆，他们又疑虑重重。特别是"内伤检查了吗"，他们惶恐不安，觉得我的五脏六腑受到伤害。爹像医生一样，要我张开嘴巴"啊啊"叫着，还扇动粗糙的手，将我的呼气引向他的鼻孔。他的鼻子呼呼啦啦，像得了伤风感冒。他得不到答案，又没有合适的办法，就将任务交给两个儿子："跟着他，弄清楚是什么原因。"

从此我身边跟着两个家伙，不过他们没有爹那样的焦虑和耐心，跟了几次就放弃了，且他们要放牛打草拾柴火，弄不好会遭到斥责。见他们一无所获，爹摇着头说："算了，算了。"

爹送我去公社卫生院，捂得严严实实的王医生听取情况介绍时，响亮应答又使劲点头。他掀开我的衣服，将冰冷的听诊器压在我身上，从前胸划拉到后背。我猛地抖动，连连躲闪。王医生说："别怕，不痛的。"

王医生将听诊器在我身上压了个遍，就去隔壁房间取来额镜和装着木片的筒子。他将一块木片插进我的喉咙，我咔咔地咳嗽，泪眼汪汪。我摇晃脑袋，他才停止折腾。他没有说出病因，却开出许多药物，要不是爹说身上的钱不多，他还会在处方单上写下去。爹背着大包中药，路人以为给牛配置草药，建议他去买一口大砂锅。我还想告诉他们：爹和我的口袋里也装满了药片。

我长期服药，身上散发出浓郁的中药味，小伙伴们叫我黄鼠狼。许多中药我喝不下去，闻到味道就哇哇呕吐。我悄悄倒掉中药，煤灰窖里我倒得最多，灰渣里弥漫着中药味，爹妈挑煤灰时疑窦丛生。我也往红薯窖里泼洒过中药，却只有一次，担心红薯腐烂。地坪边的草丛和堆满杂物的角落，还有潲水桶里，我都泼洒过中药，每次都吓得要死。

我的情况依然如故，爹大骂王医生，但没有习惯地骂他祖宗十八代，只用言语奸污他的母亲。他骂过后要带我去找王医生，我拒绝治疗是自己没有生病，也与他将王医生骂得一文不值有关。爹没有办法，瞪了我一眼，扛着锄头出工了。

爹黑夜里去求助神婆火神仙，火神仙见他空手而来，慵懒地躺在竹椅上，哼哼着呻吟着，仿佛病入膏肓。爹许诺丰厚的酬金，她才答应，不过要过几天才来，至于为什么，她说天机不可泄漏。

火神仙的"天机"是在这几天里探听香客更多的信息，作法时出其不意地展示出来，为骗人的把戏涂抹神秘的色彩。爹对神灵顶礼膜拜，虔诚到将火神仙的屁都当作神灵的旨意。他满心欢喜地离开前再三恳求："伢子的病全靠您了。"

火神仙没有来驱赶附在我身上的"邪灵"，她被"破四旧立四新"运动弄去学习了。火神仙吓破了胆，面对酬金也望而却步。她说出学习中牢记在心的话："我已经洗心革面，改过自新了。"

我的状况出现好转，缘于我期中考试得了班上第一。在这个我留了一级的班上，同学们不是我的对手。我兴奋不已，爹扔下旱烟杆朝我跑来，将我紧紧地搂在怀里，弄痛了我的身子骨。我留级是五年级班主任南物资的建议，他将病恹恹的我甩给四年级班主任吴木华，吴木华也不想要我，但不能将我推给三年级。

开学后不久，爹跟几个壮汉给大队支书崔会弄垒猪圈，来学校里找我。这个惯常大喊大叫的汉子，站在五年级教室外一声不吭，生怕影响老师讲课。他等到下课才来找我，五年级学生在他喊着我名字的声音里快速穿过，女生也不例外，有的尖叫着。爹没有找到我就走进教室，教室里空无一人，他又冲出来。伢子黑压压地站在篮球架下，争抢打足气就变形的篮球。有人抢到篮球，有人就大喊"快扔"或者"快投"。女生在操场边跳绳，有的水平很高，跳很久也不失误。小一些的伢子做着老鹰抓小鸡的游戏，但更像追逐打闹。爹四处走动，大声喊着我和弟弟。弟弟在茅厕里蹲坑，有人争着告诉爹，其实他也知道，这时候学生不在教室和操场里，就在茅厕里。我坐在池塘边长满苔藓的石头上，揪着草叶扔进水里，看着水面发呆。

爹许诺去代销店给我买硬糖买胶鞋，想让我高兴。听说我在四年级复读，他脸色大变，然后拂袖而去，什么硬糖胶鞋，都见鬼去了。他出尔反尔，还不以为然，我当他在崔会弄那里喝多了酒，胡吹乱嗙。他喝多酒就夸夸其谈，酒醒后拒不承认。回家后他怒气未消，我慌忙解释："南老师不要我去他班里。"

我又说："吴老师也不想要我，但我不去其他班，他就收下了。"

爹大骂不止，南物资被他骂成烂屋子。他还要骂吴木华，妈妈制止了，骂他神经病。

学校让爹为我多支付一年学费，简直要了他的命。我在班上得了第一，他的谩骂才停下来，还夸赞吴木华水平高，会教书。我脸上绽放出笑容，小伙伴都跟我玩耍，还抄我的作业。进入初中后我愈发努力，成绩稳居班上第一。两年后我上了高中，有幸参加粉碎"四人帮"后的高考，在应届考生全军覆灭的高中学校，我以离录取分数差两分的成绩体验了高考的滋味。

不久后教导处傅主任和郑副主任骑着自行车来到我家，摇唇鼓舌地动员我去学校复习。得知两位主任专程为我而来，爹妈从地里飞奔回来，后来我考上大学，邮递员投送录取通知书，他们都没有这样激动。两位主任得到爹妈盛情款待，家里好吃好喝的东西悉数搬了出来。他们吃得满嘴流油，饱嗝连连，临走还拿走礼物和红包。他们半推半就的样子令人发笑，现在想起来我也会笑一阵子。有傅主任关照，我可以去他家里喝茶倒水，他还让我去老师窗口买饭。第一次摸底考试，他在墙报上大张旗鼓地表扬我，各班黑板报群起响应，将子虚乌有的事迹吹得神乎其神，仿佛我是神童。我信心倍增，常常挑灯夜战到黎明鸡叫。我没有辜负他老人家的期望，虽然没有像另两个优秀的同学那样，一个清华一个北大，但我考上了北京的一所大学。

13

爹将我考上北京的大学说成北京大学，他不懂得隐掉"的"字的含义。妈咧嘴笑着，不惜言词夸赞我。乡亲们将啧啧赞叹声拉得很长，像在吟唱："真厉害——"

至于这些"风毛记的二伢子考上北京大学"，在我反复纠正也不奏效后便听之任之。

我考上大学去吃国家粮，在大队和公社家喻户晓。我可以不参加生产队出工，生产队长不再用铁皮喇叭嗡嗡地喊着我的名字。有一次队长安排我出工，他婆娘破口大骂。我为他们家庭不和深感不安，登门致歉："叔，你安排我好了。"

他婆娘立即阻止："不，你是大学生，不能搞得皮肤粗糙，墨黑墨黑的。"

来我家里的人很多，笑嘻嘻的，都羡慕地看着我。有人问："是家里老儿？"

妈妈大声地告诉他们，有时爹也说。邻居还抢着说："老二，中光伢子。"

我不喜欢这样的声音："是抱养出去的二伢子。"

我讨厌乡亲喧宾夺主地作答，他们剥夺爹妈展示喜悦心情的机会。有时我说："是我。"

我觉得有炫耀卖弄之嫌，便坐着一声不吭，随后拿着一本书，装模作样地阅读。有人指着我对伢子说："好好看看，中光哥哥是怎么读书的。"

有人给我说媒，有大队干部，有吃国家粮的，有亲戚，有熟人……他们摇唇鼓舌将某个女孩说得天花乱坠，仿佛是七仙女下凡，家境殷实富甲一方。可气的是隔壁村的隔壁村，说话嘟囔的瓢梗老子也来说媒，他凭借敏捷的身手挤到叽叽喳喳游说的人前面。他呜哩哇啦地喊叫，像报告某个地方失火了。有人说："别打岔，我们正说着呢。"

瓢梗老子被大队民兵营长黄四钱拽到角落里，耳提面命一番便一声不响地走了。后来我得知他介绍婆娘娘家的女孩，比黄四钱介绍大队支书崔会弄的女儿崔找霞强许多，崔找霞相貌平平，性情乖戾。我急了，担心爹妈慑于黄四钱的淫威答应下来。我将爹妈拉进屋子，反复提醒："你们不能答应，千万不要答应。"

黄四钱动辄说手下有多少民兵，有多少条枪，爹妈心惊胆战，嘴唇哆嗦。我冲在前面，对他说："我现在不找对象。"

爹妈对黄四钱胡搅蛮缠束手无策时，堂伯三七老汉与黄四钱打了起来。黄四钱巧舌如簧地游说，伸脚将那条小狗踢得飞了出去。这是三七老汉抱养的狗子，他觉得黄四钱打狗欺主，一句"没有人性，连狗子也不放过"声音清晰响亮，黄四钱立即还以颜色："老不死的。"

三七老汉操着扁担打了过来，却心虚胆怯，扁担偏离黄四钱很远。黄四钱甩了三七老汉一记耳光，打得他嘴里流血。三七老汉倒地撒泼，黄四钱吓得脸色铁青，逃离时脚上屡屡踏空，像找不到路的醉鬼。

两天后黄四钱和一个民兵过来了，民兵背着枪挺立着，他背着手来回走动，像一只骚公鸡。他喊着三七老汉："你过来。"

三七老汉闻风而逃，跑进壁立千仞的深山。爹慌忙上烟倒茶，妈妈煮酒炒菜。那个见到美味佳肴嘿嘿傻笑的民兵，一碗水酒下肚就满脸通红，又连喝了好几碗。黄四钱也面红耳赤，饱嗝连连像喉咙里藏着一只蛤蟆。爹妈请求黄四钱原谅三七老汉，他们跟醉鬼说话无异于对牛弹琴，却轮番交替地说个不停。

黄四钱又说媒了，这个醉醺醺的家伙咿咿呀呀像在哭泣。我讨厌他说媒，但他丑态百出的样子让我大笑不止。他被爹当作傻子调戏了好久。他突然趴在桌子上，伸手扫掉碗筷，噼噼啪啪弄得满地狼藉。

两个上床都很困难的家伙不能回家，爹让他们睡在靠墙的大板凳上，给他们拿来枕头，盖上被子。他们将吃下去的酒菜吐在旁边，屋子里臭气熏天，污秽物上的苍蝇密密麻麻，似乎村里的苍蝇都过来了。大清早他们起床时，苍蝇轰然而起，他们惊慌地跳了起来。黄四钱站在地坪边，伸着胳膊踢着腿，又闭目养神吐故纳新，像城里来的干部。民兵背着枪站在旁边，像在站岗。黄四钱铁了心要说合我和崔找霞的婚事，爹妈就说我大学毕业会迎娶这位"公主"，黄四钱信以为真，认为在崔会弄统治的地盘里，谁也不敢造次。民兵拉扯他的袖子，向他努嘴使眼色。他收回步子，想了想，对我爹说："不行，得写一张字据。"

他又说："我回去好交差。"

爹妈没有文化，却知道留下字据的危害，他们将脑袋摇得像拨浪鼓，嘴里连说不行。黄四钱生气了，爹妈也没有答应。他威逼利诱，爹说："这事没得说。"他还为自己壮胆，"现在是什么时代？粉碎'四人帮'了。"

黄四钱停了一下，就向我爹喊叫："即使粉碎了千人帮万人帮，也要给会弄支书面子。"

黄四钱以为我像工农兵大学生一样，崔会弄拥有生杀予夺的权利。他大言不惭地要挟我爹："不写字据，伢子不要去上大学。"

幸亏他们不会写字，我的婚姻才没有被白纸黑字绑架。妈妈哭哭啼啼，爹拿着笔的手抖得厉害，像得了帕金森。爹说等我回来再写，我有文化，写字信手拈来。中午我从同学家里回来，黄四钱还在等我。我已接到录取通知书，他的话吓唬不了我，我不屑地说："你告诉崔会弄，我不会找他家的女儿。"

我深吸一口气，又说："大学是我考上的，谁也阻止不了。"

我还告诫他："我考大学符合中央文件的规定，学校审查过了，你们管不了。"

黄四钱哑口无言，木桩子一样立在那里，任凭苍蝇和蚊子围攻。爹妈没有理睬，锁上门喊着哥哥出工，我和弟弟拿着刀牵着羊上山了。

弄走了黄四钱，我以为家里太平了，当我们煮酒烧菜庆贺时，家里来了一位不速之客。她说是表姐胡凡娥，但我无法将她与印象中的表姐联系起来，她眼睛大小不均的毛病不复存在，那张砧板脸在头发遮挡下也清秀了。她高大威猛，走路虎虎生风，将石子踩得咔嚓作响，仿佛嚼着骨头走来。她裤脚上沾满了毛毛球，密密麻麻像吊着两窝蜜蜂。她推开妈妈端来的茶水，伸手摘着毛毛球，还用指甲剐蹭，弄出哗哗的响声。她用以前的口气对我说："过来给我帮忙。"

我才不会听她安排，我长大了，还考上了大学。我将手里的《巴黎圣母院》扔在旁边，起身离开时轻蔑地哼了一声。她咧着嘴冲我笑，从她露出猩红的牙龈上，我看到了她以前的影子。我以为她代表表叔表婶来向我表示祝贺，她却只字不提，只是痴呆地看着我，嘿嘿地笑，笑得我心惊肉跳。想起当年表叔表婶凑合我和她的婚事，我不由得打起了冷战。我抬起脚，却不知道迈向何方，身子摇摇晃晃，像踩着云朵。我要是悄然离开就好了，大不该对妈妈说："我去同学家里，过几天回来。"

妈妈向我跑来，着急地说："表姐来了，去陪陪她。"

我心里想："她这么大的人，陪啥？"

后来我觉得不应该这样对妈妈说："你去陪。"

表姐弄掉裤脚上的毛毛球，就拿着扫把扫地，弄出响亮的嚓嚓声。她扫了地，又剁猪草，整理柴火垛，平整地坪……邻家婶子伸着大拇指啧啧称赞，对我妈说："姑娘勤快，干脆收作儿媳妇。"

邻家婶子将她说给我哥哥，她却认为是说给我。她感激地看着邻家婶子，嘴巴嗫嚅着，眼里噙着泪水，身子摇晃似乎要冲过去亲她一口。邻家婶子还没有说完，她就说："我同意。"

妈妈觉得她和哥哥相配。她比哥哥大两岁，妈妈心里说："女大三，抱金砖。"

在场的人都认为她跟我哥哥订婚，只有她认为是跟我。其实我抵触这桩婚事，这是近亲结婚，但我没有说，担心哥哥找不到对象。哥哥耳背，要大声喊叫才能听清。有几个"歪瓜裂枣"过来相亲，在家里看一眼就走了。她们连茶水也不敢喝，生怕爹妈要挟，难以脱身。哥哥认真倾听，担心表姐看出毛病，他的表情很夸张，我为他捏了一把汗。这个笨女人一心想着成为我的婆娘，住了一天也没有看出哥哥的问题。她含情脉脉，看得我毛骨悚然。那一夜我在邻居家辅导伢子的暑假作业，可是伢子做几道题就去玩耍了。大人对我很客气，跟我没完没了地说话，还拿出瓜子花生招待我，可是他们睡得早。我在竹林的柴火垛上待到深夜，不怕里面的蛇和老鼠，还有马蜂。

第二天天刚亮表姐吵着要回去，早饭也不吃了。她要去告诉表叔表婶喜讯，还要保媒的邻家婶子同去。妈妈说时间仓促没有准备，亏欠了这个儿媳妇。她拍着胸脯表态："我看中的是人，不是钱财。"

爹卖掉一头猪，给表姐买了布料和鞋子，还准备了鸡鱼肉和礼金。哥哥理了头发，又请人缝制新衣。两天后表姐一家人过来了，在邻家婶子朗朗的笑声里，表姐花枝招展像一树桃花。家里摆了两桌酒席，爹没有买到新鲜猪肉，就煮了腊肉，放入许多调料，屋子里香气袭人。有几个长辈过来陪坐，抱拳向我爹妈和表叔表婶祝福。表叔看到我时紧张不安。我给他敬酒，他惊慌得将米酒洒在身上。

吃完饭稍作休息，男方要送女方及亲属回去。看到我若无其事地躺在竹椅上，表叔表婶惊愕不已。在他们看来，聘礼可以请人送去，礼金必须由我交给表叔，还要客气地说："小小薄礼，不成敬意，敬请笑纳……"

我依旧慵懒地躺在竹椅上，双手相操枕在脑后，跷着二郎腿摇晃，驱赶悠闲走来的鸡、狗和猫。看到他们起身迈步，我朝着在屋子里忙碌的妈妈和哥哥喊叫："快点，他们要走了。"

看到跑过来呈上礼金的人是哥哥，而不是我，他们失声尖叫，仿佛突然踩空了。表叔抓着邻家婶子的手臂，大声质问："你说，怎么回事？"

邻家婶子一阵惊愕，待她明白过来，就说："我说的是大光呀。"

表叔张牙舞爪地喊叫："你什么时候说的？"

他赶忙问表姐，表姐吓傻了一样歪斜地靠着柱子，随后双手捂着脸蹲在地坪边。最难受的是哥哥："煮熟的鸭子"飞了，他们还羞辱他是聋子。他们坐下来与爹妈交涉，要纠正过来，哭喊着请求几位长辈声援。他们从爹妈那里占不到便宜，便向邻家婶子开火，像批斗坏分子一样挥舞拳头，邻家婶子一家人严阵以待，她的大儿子气势汹汹地喊叫："不撒泡尿照照，自己是什么玩意儿。长成一幅斋粑相，还想找人家二毛陀，癞蛤蟆想吃天鹅肉……"

二毛陀就是我，乡亲们都这样叫。一番吵闹后，表叔灰溜溜地走了。表姐哭哭啼啼，低着头，趔趄着跟在后面。表婶牵着毛伢子，支支吾吾对爹妈说，误会了，都误会了。她又说："再怎么着，我们还是亲戚。"

14

　　学校与郊区的国棉厂联欢时，我与一个女工相爱了。我是班上最后一个接受女工抛来绣球的，当时犹豫了很久。那个动辄娇媚地摆出造型的姑娘让我敬而远之，我赞同大家的看法：她是麻烦的制造者。那些长相平平的姑娘不是我选择的对象。我对三个长相姣美的女工有好感，有与她们交往的冲动。我采取综合考量的办法给她们打分，她们得分相差无几。我选择与得分少的沈菁菁交往的理由很特别，是做梦跟她亲过嘴，那种感觉让我酥麻到骨子里……我这样决定婚姻大事，想起来觉得可笑。

　　学校与国棉厂隔三岔五联欢，节假日场面更大，青年男女成双成对出入，却无人知晓我和沈菁菁恋爱。有人为我操心：再不寻找目标，到时歪瓜裂枣都没有了。有人给我搭桥牵线。张奋斗老师课堂上向我们大讲特讲不许谈情说爱，要全身心投入到"四化建设"中去，私下却悄然来到我身边，询问我有没有对象。我惊慌地跳了起来，书本和笔洒落一地。我以为他代表组织考验我，认为我与沈菁菁恋爱被人告发了。我赶忙说："没有，我要努力学习报效国家。"

张奋斗摇头大笑："没有那么严重，放松点，我们是谈心聊天，与课堂上要求的不同……"

这个引领我们走向社会的老师，没有说出酝酿已久的想法：将在食堂里帮工的侄女介绍给我，而是目不转睛地看着我，看得我心惊胆战。

过了不久他还是跟我说了，一副稳操胜券的样子。这时我已入党，不需要以自己的幸福换取组织的考验。那个女厨我见过，满脸麻子，像一张芝麻饼。他没有强求，以后也没有找我。我很快发现安大贵跟他打得火热，经常去他家里吃饭。这个与国棉厂女工谈情说爱又彻夜未归的家伙，摇身一变成了张家的乘龙快婿。他们的婚姻应验了我的揣测：没有多久就散伙了。但有一事出乎我的意料，他凭借张奋斗帮忙，顺利留校了。他踢开了丑媳妇，还说出让张奋斗无法反驳的话："当时是迫于压力……"

按照考试成绩和在校表现，以及与沈菁菁交往，我有望分配在北京或者周边地区，可是我去了西北一家机械厂。与我同去的有三个人，他们心里所想我一无所知，但表情很复杂，动辄喝得酩酊大醉。他们说志愿去西北工作，我也咧嘴喊着口号："我要去祖国最需要的地方。"

"一定是张奋斗从中作梗。"我毫不犹豫地认为，还觉得他在看着我，取笑我。

我立即去找他，他却斗戏法一样躲着我。我屡屡扑空仍没有放弃，终于在如厕时与他成为邻居。我反复考虑过的话，在人群来往穿梭的茅厕里，始终无法说出来。他跟我说话了，那些冠冕堂皇的话带着腔调进入我的耳朵，像粪臭一样让我难受。我心情沮丧，不得不说："服从组织安排。"

他苦笑着，呸呸地吐口水，将话不投机的责任推卸给臭不可闻的粪便。他揉搓僵硬的脸皮，又捂着鼻子，也掩饰不了焦虑的心情。我不胜其烦，他还喋喋不休："……去祖国最需要的地方，能很好地施展你的才华，更好地服务四化建设。"

这种口号式的语言，我听得耳根磨出了茧子，声音再次响起，我的耳蜗像有多只蚂蚁爬行。我没有捂着耳朵拒绝声音进入，却龇牙咧嘴地摇头，一览无余地表达厌恶。张奋斗还没有扣好裆部扣子，就仓皇逃离了。

我不想与沈菁菁过着天各一方的生活，又对她难舍难分，我通过抛硬币和抓阄决定取舍，结果都是要我跟她结合，但我决定跟她分手。趁她哥哥沈力军在旁边，我提了出来，如果出现不测，沈力军会极力劝阻。我天真地认为，与沈菁菁牵牵手，散散步，连拥抱也没有，更别说亲嘴和偷食禁果，分手会很顺利，她却大喊大叫，双手擂鼓似的捶打我的胸部，打得我猛地咳嗽。沈力军破口大骂，话语很难听，围观者以为我把他妹妹的肚子搞大了，现在要当甩手掌柜。我百口莫辩，答应和她继续相处。

沈菁菁和沈力军一前一后，有时一左一右将我夹在中间，带着我去见他们的父母。我去商店里购买礼物，沈菁菁还挽着我的胳膊，沈力军拽着我的袖子。她家里的人很多，有亲戚，有邻居。沈力军还在介绍，沈老爷子就要我和沈菁菁完婚，沈大妈帮着腔，阻止旁人打岔。两位老人对我的申辩置之不理，还转过去跟人说话，又去室外，长久不回。我当然要说出想法，不能让他们绑架我的婚姻。我走向挑逗小孩子的沈老爷子，他迎上来对我说："你去坐，去那里喝茶。"

我赶忙说："我没有报到，无法开出单位证明……"

他不假思索地说："那不急，先把婚事办了。"

不要我一分钱彩礼，白捡一个黄花大闺女，那是天上掉馅饼的好事。可是我推辞了，还说出让他们感激涕零的话："这样亏待了菁菁。"

婚礼三天后举行。在来不及通知爹妈的婚礼上，我并不孤单，同学来了不少，他们带来学校文艺晚会上的节目，将婚礼弄得异彩纷呈。客人收敛难看的吃相，为节目大声叫好，猛烈鼓掌。张奋斗托人带来贺礼，但我不想收，就一语双关地对沈菁菁说："他的礼太'重'，我还不起。"

沈菁菁却说："没关系，他家有事，我去还礼。"

几天后我去了大西北，沈菁菁表情复杂，噙着泪水。我替她擦着眼泪，她笑着安慰我："先去工作，再想法调回来。"

新婚的喜悦被开往大西北的火车摇得支离破碎，我对荒凉戈壁的伤感，使我忘记了自己已有妻室。大姐大婶热心给我介绍对象，我才恍然大悟。我拿出沈菁菁的照片，她们还不相信。一个大婶对我说："就在这里成家，给你找个如花似玉的姑娘。"

有个大姐生气了，说话时语气很生硬："不要挑三拣四，到时黄花菜都凉了。"

她们屡次三番地找我，对我的谢绝充耳不闻。她们劳而无功，就说我性格乖戾，自恃清高。一个大妈张牙舞爪地喊叫："把你老婆叫过来，给我们看一下。"

她态度粗暴，但我将她的话当作善意的提醒。我赶忙让沈菁菁过来探亲，并带着她在厂里招摇而过，逢人便说我们的关系，还做出亲热的举动。

谁都知道我会离开这里，与我同来的大学生都调走了。我吵着要走时，车间主任就任命我为项目的课题组副组长，前面已有多个分工明确的副组长，我却对这个闲职乐而不厌。我想当工具科副科长，又如法炮制斩获成功。后来我找到经验，想得到某个职位，就喊着要调走，当然是在领导心情舒畅的时候。一个同事像我一样吵闹，领导却生气地赶他走："离开了你，地球照样旋转。"

同事没有看到我在技术革新上的成就，许多项目有我的名字，我还主导完成一些重大课题。我是厂里的技术能手，又是中层干部。

后来沈菁菁下岗了，领导照顾我，安排她在厂里做临时工。

15

　　我们没急着要孩子，总以为年轻，生育为时尚早。老岳父卧床不起，许诺照顾婴孩的岳母无法脱身，也是我们暂不生育的原因。当然住房紧张是主要原因，沈力军一家还挤在岳父家里。我妈妈乐意过来帮忙，却因没有房子只好作罢。我们听从好心人的建议，给国棉厂领导送礼，恳请厂里给沈菁菁分配一间房子。领导满口答应，分房却遥遥无期。

　　我们可以租房子，那些低矮的民房比岳父家里宽敞，只是卫生差，购物不便。沈菁菁放弃租房，是那里安全状况堪忧，出现了骇人听闻的犯罪案件。沈力军也不想租房，尽管老岳父答应替他支付租金。岳母跟嫂子干架，寻死觅活，他们才搬出去。岳母将他们扫地出门，是为我们生育做准备。沈菁菁从集体宿舍搬了回来，岳母说："房子有了，赶紧生个孩子。"

　　为了孩子我们频繁地在西北和北京穿梭，那个敬业的乘务员见到我就说："多一些你这样的人，我们的效益会好起来。"

几个月后，沈菁菁来信说她呕吐不止，我认为这是妊娠的特征，且怀着男孩的概率很高。岳母也认为她怀孕了，陪她去医院检查，悄悄问医生："男孩还是女孩？"

沈菁菁患了急性肠胃炎，她没有告诉我，生怕我担心。我却沉浸在即将做爸爸的喜悦中，除了定期寄出工资，还收集保胎养胎的方法，购置地域特色的药物，以及儿童玩具和服装……我向单位申报休假计划，生怕与别人的时间冲突，影响生产。我强调那时老婆要生孩子，有人就问："男孩女孩？"

我无法回答，他们就说："做个B超就知道了。"

我说："男女都一样。"

沈菁菁长久没有怀孕，我休假陪她去医院检查。见我们走来，打盹的老医生猛地睁开眼睛，伸手摆正桌上的牌子，将加粗的宋体字"主任医师"对着我们。我们喜不自胜，大声念着牌子上的字：某某大学客座教授，什么委员会主任以及某国某学会访问学者……我拿着牌子，流利地朗读一行行英语，表明我也是文化人。老医生滔滔不绝地讲述，像做学术报告。我拿着笔，在他撕给我的纸上沙沙地写着。他说出许多专业术语，大多晦涩难懂，我问是哪几个字，他就埋怨我："别打岔。"

他大讲特讲同房的知识，我们面红耳赤，沈菁菁还羞涩地低着头。他讲述保胎养胎和优生优育的知识，我听完后觉得可以开办知识讲座。

我们心悦诚服，不停地感谢，又深深鞠躬，还许诺送给他一面锦旗。

沈菁菁没有怀孕，我们没有怀疑老医生，只觉得我们采取的方法不对。我再次休假回家和沈菁菁去医院检查，又看到他在那里坐诊，却没有走进去，而是去找一位没有标牌的女医生。女医生所说与他讲的惊人一致，连语气都一样，像一个老师所教。女医生给我们号脉，又拿出器械在我们身上按压，还带着沈菁菁去里屋折腾。望着她的背影，我由衷地谢谢她，并寄予厚望："我们全靠您了。"

她回头看了我一眼，使劲点头。我兴奋得直跳，握拳猛击手心，又咬牙晃动拳头。我坐下来跷着二郎腿，想起治疗充满变数，还未摆动就放了下来，规规矩矩坐着。我等了很久，却听到女医生这样说："去妇幼保健院翔实检查，把问题搞清楚。"

她向我们推荐区妇幼保健院，写了纸条，说她的朋友在那里。她又说："她喜欢帮忙。"

我们去了市妇幼保健院，那里很远，是出租车司机弄错了。不管他为了钱有意为之，还是听岔了，我们没有指责，也没有回到区妇幼保健院。这里院落大，房子高，来往人员多，但我看重的是房子老旧，蕴含着厚重的历史。料想这里看病很贵，我赶忙摸出钱包，盘算里面有多少钱。沈菁菁满面愁容，我立即说："只要能治好病，不在乎钱。"

医院里人满为患，每个地方都让我们等得不胜其烦。为了让沈菁菁轻松安定，我调侃着："现在的人怎么啦，都生不出孩子？"

确诊结果：沈菁菁先天性卵巢发育不全。医生没有说出问题的严重性，而是说得委婉含蓄，我们以为沈菁菁只是生理发育缓慢，几年后会正常起来。沈菁菁哽咽不是担心终生不孕，是觉得年龄大了影响生育。"到那时，我生不出来了。"

沈菁菁吃完医生开具的药物，浑身散发出中草药味道，也没有出现医生所说的奇效。沈菁菁没有怀孕，我们不再相信医生所说，还说一些享誉天下的医院里，某些标榜专家学者的人虚有其表滥竽充数。

邻居和同事很热心，向我们推介某人的祖传秘方。我们明知有诈，也欣然前往。沈力军老婆的表嫂谭桂花现身说法，消除了我们的顾虑。这个年龄很大才生下孩子的女人，闭口不谈她的症状，却大讲特讲得益于歪嘴老人的偏方的经过。我们迫切想要孩子，恨不得立即来到歪嘴老人身边，向他讨要一剂良药。她还在大放厥词，我忙说："我们完全相信。"

我们租了车，和谭桂花大清早就出发了。除了在路边的小餐馆吃饭，车子始终在行驶中。晌午过后，我们来到歪嘴老人的山脚下。我们跟着谭桂花往山上爬去，这个自诩对这里了如指掌的女人，带着我们尽走弯路。那个放牛的老汉得知我们的来意，立即指出一条荆棘丛生的近路，对谭桂花吹嘘歪嘴老人的祖传秘方不屑一顾："没有你们说得那么邪乎。"

谭桂花立即说："我吃了他的药，就生了儿子。"

歪嘴老人躺在床上，从喘气中发出难以辨识的声音，他女儿将耳朵靠近他的嘴巴，将话转告我们。我由衷地敬佩他病入膏肓还坚持看病，除了认真听着转述的内容，还向他伸着大拇指。

我幡然醒悟：他有祖传秘方，为何不根治自己的毛病？我问他的家人，谭桂花说："他只能治疗不孕不育。"

他女儿说："我们祖先能治很多病，却只有这个传承下来。"

与其说歪嘴老人嘟囔着给沈菁菁治疗，不如说是他女儿所为。他女儿在沾满泥土的中草药上挑挑拣拣，然后将中草药剁碎碾成粉末，粉末装了一袋子，像一袋面粉。我问要多少钱，他女儿说："随便。"

我清楚地记得，表叔满屋子中草药也卖不了几个钱，在我眼里，那不过是干柴枯草。我估算这堆粉末只要几块钱，却掏出二十块钱。我满以为歪嘴老人的女儿说钱太多，会退回来一些，她却将钱装进口袋，将前突的嘴巴伸得更长，说话阴阳怪气。

求助于这样的江湖骗子，我觉得是浪费钱财，沈菁菁却坚信不疑。她的理由让我哭笑不得，还逢人便说："药粉子很好吃。"

岳母也没有停歇，在家里供奉了送子观音，早中晚和沈菁菁焚香跪拜，弄得屋子里乌烟瘴气。开始她在墙上挂着画像，后来让沈力军在墙上挖出一个孔洞，去庙里请来一尊佛像摆放在里面，挂着绸带。她焚香跪拜后，要我和沈菁菁向菩萨行礼，程序一步不落。大清早我被她喊了起来，我稍有怨言，她就严厉指责："你这个样子，怎么能感动菩萨。"

我和沈菁菁经常外出，还在外面吃饭，沈菁菁上班，我出去闲逛，都是躲避岳母纠缠。有一次我们深夜里回来，岳母爬了起来，要求我们去跪拜菩萨。我很生气，但还是停止洗漱，和沈菁菁迅速来到菩萨前面。

为了定时向菩萨行礼，岳母很少外出，除了她生病住院。她从医院回来，拖着病恹恹的身子，就要求我们："到菩萨跟前……行礼去。"

周末岳母成了郊区寺庙里的香客，僧人念及她年事已高，只要求她逢年过节过去。为了安全，沈菁菁陪同前往，我休假时也陪她去过。我不胜其烦，岳母怨气冲天："我为了谁，还不是替你们向观音菩萨求情。"

岳母的做法无益于沈菁菁生育，我们却不得不让她折腾。她要沈菁菁去寺庙里斋戒沐浴，还要我去那里挂单居住，成为俗家弟子，我们非常恼火。岳母哭闹撒泼，我们不得已答应下来，但没有去寺庙，而是住在宾馆里，有时也在朋友家里住几天。

岳母昏迷住进医院，醒来后关注的不是她的病情，是我们有没有敬奉菩萨。她弥留之际反复交代我们要按时敬佛，以及："一定要生个孩子。"

沈菁菁不能生育，经常去妈妈的坟上哭诉，沈力军两口子和邻居努力劝说，却收效甚微。她寻死觅活，沈力军就守着她，打电报催促我回去。我马不停蹄地赶了回去，除了反复开导她，还带着她去看心理医生，又去旅游，想方设法让她高兴。离家返厂的前一夜，我照例搂着她，她却推开我，呜呜咽咽："我们离婚吧。"

我失声尖叫表明已听得很清楚，却大声询问："你说什么？"

她停止呜咽，用地道的京腔告诉我："我不能拖累你，你去找个人给你生孩子。"

她声音低沉，表明自己是多么不情愿。我张牙舞爪，对天发誓："我不离婚，除非我……"

她赶忙捂着我的嘴，手上的黄金戒指当当地砸着我的门牙，将我恶毒的誓言击得粉碎。她连声说不要我发誓，很好地掩饰了我的尴尬。我们推心置腹地交谈，我不再一如既往地充当听众，不停地说："我宁愿不要孩子，也不离婚。"

我将上午的火车改签到晚上，又将沈力军喊过来，让他见证我离开时沈菁菁安然无恙，也希望他照顾她。沈力军一进屋就骂骂咧咧，还出其不意地打我一拳，打得我连连后退。沈菁菁赶忙为他圆场，说他是责怪我没有去他家里吃饭。我感到不解：他从来没有叫过我去吃饭。

沈菁菁说中午去他家里吃饭，他张口结舌，嘴巴张得能塞进一只拳头。我想说我们就在街上吃一点，却紧紧咬着嘴唇，将想法咬得稀碎。我不是怨恨他打我骂我，是想看他如何虚与委蛇地演下去。我看着沈菁菁，她明白我心里所想，立即说："你妹夫还要喝点酒。"

沈力军生怕我们再提出要求，以准备午饭为由慌忙离开。午饭时我们准时到来，见我们空着手，他目光呆滞，像戴着面具，还将锅碗瓢勺弄得丁零当啷，像猫狗捣乱。我给他儿子一个红包，他紧绷的脸乐开了花，发出山涧泉水般的笑声。他客气地推辞后还是拿走了红包，哄着儿子："我替你保管。"

他去购买了卤肉和啤酒，即便如此，桌上也没有几个菜，我没有喝酒，两瓶啤酒全灌进了他的肚子。在呃呃的酒嗝声里，他一遍遍劝告沈菁菁："听哥的，不要离。"

他嚼着卤肉，将话也咬得呜哩哇啦："想要孩子，这好办，去抱养一个。"

我早有此意，答应时没有任何犹豫。他揣着一块巴掌大的卤肉举到嘴边，在笑声响起又神气地说给我们物色个男孩后，才将卤肉吃进去。我赶忙点头，嗯嗯作答，反复交代："不能要拐卖的孩子。"

16

在沈力军地张罗下，我们要抱养孩子的消息迅速扩散。有人找上门来，但他们要钱，口口声声说只要误工费，谈到具体数目却漫天要价。我们不是舍不得钱，是担心那是拐骗来的孩子。我提醒沈菁菁，绝不能染指这种事情，不只违法犯罪，最终人财两空，还会助长犯罪风气。果然派出所民警上门了，我们得到劝告。民警来我家的消息被迅速传播，势头盖过我们要抱养孩子。人们对我们抱养孩子谈虎色变，避而远之。

社区主任桑才香和福利院院长江汉波来了，为了表现自己，桑才香冲在前面，大声喊着沈菁菁。她说早应该过来，只是工作太忙脱不开身，还说很难遇到沈菁菁在家里。邻居纷至沓来，看猴戏一样嘿嘿地笑。江汉波认真工作，桑才香却不安地走动，像一只要下崽的羊。邻居喋喋不休地询问福利院孩子的状况，似乎要去慰问，或者提供帮助。江汉波很快离开了，桑才香以为他们干扰了工作，责备起来。江汉波去意已决："沈菁菁同志要上班，一个人不能抚养孩子。"

"她会想办法克服困难。"桑才香努力为沈菁菁辩护。

"福利院的孩子很特殊，抚养人要付出更多的情感和精力。"

沈菁菁顾虑重重：她要上班，不能息工在家带孩子，不然会被工厂改制优化组合掉。妈妈曾答应过来帮忙，可现在去帮弟弟带孩子了，一年半载都过不来。爹更不能来，那些猪牛羊和鸡鸭鹅离不开他。我们想请保姆，邻居家保姆虐待婴孩，影响很坏，沈菁菁同事的老公与保姆有染，闹得满城风雨。我们想找亲戚帮忙，有人愿意来，但不是太老就是太小。抱养的事拖延下来，与我们希望沈菁菁奇迹般生出孩子有关。沈菁菁一个同事四十多岁才生孩子，以前也到处求神拜佛，寻医问药。

沈菁菁最终离开江河日下的国棉厂，停薪留职来到我厂做临时工，随后承包食堂，工作辛苦却收入可观。这时我们又想收养孩子，来我家串门的人不再家长里短地说笑，而是谋划如何为我们找一个婴孩。我深表谢意，也重申我的观点："不要拐骗来的孩子，这不是钱的事，是原则问题。"

那天深夜万籁俱寂，我被门外的沙沙声弄醒了。我全神贯注，想知道谁又夜不能寐。这是人走夜路的声响，特别是打牌赢了钱的，脚步就是这样飘忽不定。脚步声消失在我家门口，随即响起几声嘀咕。

我打开壁灯，轻轻推开外面的纱窗门。一只篮子摆在门口。我没有看到人，就打着火机在周围寻找。他肯定没有走远，我轻声呼唤，却没有人回应。

我没找到人，就提着篮子走进屋子，篮子很沉，像装满了瓜果，可是上面堆着衣物。我掀开一件衣服，里面有个婴孩，粉嘟嘟的脸，像熟透了的苹果。听说婴孩沈菁菁冲了出来，她穿着短裤，趿着拖鞋。我担心脚步声惊动邻居，赶忙说："脚步声轻点。"

她看了自己一眼，慌忙跑进里屋。我将篮子放到桌上，看到孩子熟睡又出去找人。我突然醒悟应该让邻居知道情况，替我证明深夜里有人送来孩子，天亮后我还要报告厂里，让更多的人知道。我大声喊叫，却没有找到送篮子的人。听到我的声音，特别是婴孩啼哭，邻居没有埋怨，还过来不少人，但都是上了年纪的，女人居多。好友开起了玩笑："我以为哪个懒汉发癫了。"

我很不爽，回敬他："你是懒汉，是癫子。"

沈菁菁将孩子抱到床上，赶忙解开包裹，她不是去更换屎垫布，是想知道孩子是个啥。她没有看出孩子的性别，显示性别的器官上盖着一堆蟹黄一样的屎。她扯开屎垫布，简单揩拭后，发现是个男婴。篮子里有一只奶瓶、一包奶粉和一张写着生辰的纸条。我翻遍篮子和衣服，除了知道孩子叫"童童"，出生十二天，没有其他信息。邻居大嫂是几个孩子的妈妈，帮忙用温水清洗，又给孩子换上衣服。她说以前干过接生工作，觉得现在不需要接生，就说参加过优生优育培训，还有证书，但我们没有见过。我对沈菁菁说："好好跟大嫂学。"

我也对大嫂说："请不吝赐教。"

起初我们没想抚养这个孩子，总觉得是人家生活困难，暂时寄养在我家，他的父母迟早会找过来。我也想，他们认领时，我要刁难一下。他们视孩子生命如草芥，如果猫狗咬伤孩子，非常危险。我领养孩子要对簿公堂说清楚，要签订协议，去除后患。我找遍周边村庄，杳无音讯，仿佛孩子从天而降。有人提醒我，事情闹得沸沸扬扬，孩子父母不敢承认，随后我暗中打探消息，依然音讯全无。孩子就这样留在我家生活，我给他取名应衣桐，留下谐音的"桐"字，给他父母留下寻找的痕迹。

孩子有病在我们预料之中，谁会将健康的孩子送人，尤其是男孩，但我们没有想到他病得很重。从他哭闹不止拒喝牛奶开始，我们就有给他治病的准备。沈菁菁将食堂转让出去，专心呵护孩子。给孩子治疗败血症，顺便切除了他右脚上多余的指头。在我的印象里，衣桐健康的日子不多，两次大手术让我们心惊胆战，生怕他有个闪失。从厂里的职工医院，区里的人民医院，市医院，省医院到北京的知名医院，留下我们带他治疗的足迹。我们找过中医和藏医，还用过某些人吹嘘的祖传秘方，孩子病情好转，我们分不清得益于哪种方法。我们谨遵医嘱，想法给他加强营养，让饱受病魔之苦的孩子像正常人一样成长。

我们顾虑重重，生怕孩子父母找过来。几个酒肉朋友趁我酒劲上头，轻而易举套走我心里的秘密。小吴想来我单位上班，但我不敢收留，他说话口无遮拦，特别是酒醉醺醺时什么都说，还打人。他抓住这个机会，努力为我服务，使我对他不再拒绝。他神秘地告诉我，一对青年男女在学校门口张望。他喷着酒臭，我没有躲闪，而是和他奔向厂门口。青年男女不是寻找孩子，是查看那里能否摆个摊位。情急中我竟然相信他打着酒嗝的话："他们……呃……在说谎。"

赶走他们不需要我出马，我使个眼色，立即有人办理，还神不知鬼不觉。我不假思索地选择小吴，他不是最佳人选，但我不想扩大知情范围。这件事情小吴办得漂亮，他打着我的名号，让厂保卫科和派出所去厂门口清理。其他摊主一并被赶走，校长逢人便说我为厂里做了一件好事。

不久后小吴气喘吁吁跑来向我报告，还在门口摔了一跤，牙齿磕出了血。他咿咿呀呀说菜市场有人寻找孩子，目标似乎是我家衣桐。不待他翔实述说，我立即要他去找沈菁菁，将衣桐藏起来，藏得远远的。我关上门窗，造成人去楼空的假象，但我心情很复杂。想到失去孩子的父母的痛苦，我走了过去。

那人寻找一个女孩，丢失时才三岁。女孩跟着奶奶赶集，奶奶购买篮子与人讨价还价时，女孩不见了，那人说女孩被一个穿灰布中山装的中年人带走了，随即凝眉怒目地看着我，似乎我是那个中年人。他的态度让我不悦，我满肚子寻找孩子的建议，被悄声埋怨弄得七零八落。我并非见死不救，给他出主意的人太多了，还出现争吵，但都是去派出所报警，或者去车站码头张贴告示。

衣桐上初中时知道了身世，情绪波动很大。班上漂亮的女生阿姿暗恋衣桐，明目张胆地表露出来。同学阿岐喜欢阿姿，极力诋毁衣桐，并将听说衣桐不是我们亲生的事说出来，骂他是没爹没娘的野种。衣桐打了他，火速回家询问情况。我惊慌失措连忙说："没有的事，他瞎说。"

他立即反问："那他为什么平白无故这样说我？"

我告诉他："现在的年轻人，都信口开河不负责任。"

我立即赶往学校，在老师办公室张牙舞爪地大骂阿岐："你再说，我就打死你。"

我将写着衣桐生辰的纸条和从厂办公室开具的证明，还有他的照片装进纸袋里，放在只有我知道的立柜的暗箱里。那天衣桐看到一条钱串子钻进了立柜，立即打开柜门去抓它，里面的东西乱七八糟，显然抓不到灵巧的钱串子。他对立柜下面装着隔板感到好奇，便伸手推拉。那是一块活动的板子，他推拉好久才取下来。他看到纸袋子，以为里面装着钱，或者宝物。他插上门才打开纸袋子，看到里面的东西，脑子嗡地旋转起来。他找遍暗箱和纸袋子，没有找到亲生父母姓甚名谁家住何方。

他将纸袋子交给沈菁菁，泪眼汪汪地说："你说，我是从哪里捡来的。"

沈菁菁惶恐不安，支支吾吾："是别人送你来的。"

"谁送来的？"

"深夜里将你放在家门口就走了，我们不知道是谁。"

衣桐脸皮抽动，嘴唇咬个不停，像冻得发抖。他胳膊肘撑着桌面，双手抓着头发。我下班回来，他还这样坐着。

他头发凌乱，桌上没有书本。我犹豫了一下，才轻轻拍着他的肩膀，抚摸他的头，按压撑起来的头发。沈菁菁从厨房里出来，将我拉到一边，轻声告诉我发生的事情。我捡起纸袋子，查看里面的东西，思索着如何应对衣桐。我看了很久，才说："留着它们，想在将来告诉你情况。"

衣桐抬起头转过身去，埋怨我："你留着它们干什么？"

吃饭时我们沉默不语，屋里只有单调的搛菜和咀嚼的声音。那只嗡嗡的苍蝇突然出现，缓解了我们的尴尬。我们伸着筷子驱赶苍蝇，筷子啪地碰在一起，沈菁菁扑哧一笑，我也咧嘴笑了。衣桐低着头，从他脑袋晃动中，我认为他也笑了。我立即打破僵局："我一直寻找你的亲生父母，没有结果。"

沈菁菁赶忙给衣桐搛菜。衣桐突然抬起头说："我是你们的儿子，我不离开你们。"

衣桐的话让我感到舒心，我们一如既往地待他爱他。我悄悄观察他，也请老师暗中留意，与他相好的王同学，成为我安插在学校的内线。不敢说衣桐的一举一动尽在掌握，但他去寻找父母，我第一时间知道。那天张同学邀请他去老家摘果子，其实我知道他去探访一户以前送走孩子的人家，我让他去了，还防止沈菁菁阻挠。两天后他回来了，带来好多水果。沈菁菁不听我的劝告，迫不及待地询问他探访的情况，他矢口否认，生气地扔掉水果。我赶忙解围："你妈瞎说，她有点神经质。"

我一直寻找着他的亲生父母，凡是送出孩子的人家，不论远近，我一一造访。有人找了过来，谈论几句就原形毕露。有人胡搅蛮缠，我立即说："做亲子鉴定，就一清二楚。"

这话吓唬不了他们，不就是去抽点血。我又说："比对不上，费用由你们承担，还要赔偿精神损失费。"

我还说："先签合同。"

有人答应了，理直气壮，似乎衣桐就是他们多年前送出的孩子。不过说完后他们溜走了，再也没有过来。

离工厂十多公里的老鸦村，一个女人引起我的注意，她生活不检点，名声不好，我早有耳闻。她已远嫁他方，风言风语都尘封起来。我去了她哥哥家里，衣桐跟他长得很像。她哥哥犹豫好久后说了实情：衣桐是他妹妹的私生子，孩子给人养了几天，由于多趾多病，退了回来。他将孩子放在我家门口，看着我提篮进去，又蹲守到天亮才离开。他恳求我继续保密，说妹夫还不知道这个孩子。我要他提供衣桐母亲的名字和地址，他生气了，要我离开。

衣桐结婚时希望亲生父母家里来人，我租了一辆车提醒去接他们，衣桐的舅舅不肯上车借故离开，舅妈还算通情达理，说外甥结婚是大事，他们理当认真准备。可是结婚那天他们没有过来，我又派车去接，他家已人去楼空。衣桐不停地安慰我和沈菁菁，说他的人生旅途中，他们已无关紧要。

拜堂时他跪在我和沈菁菁面前，我们伸手搀扶，他伏地不起，哭着说："你们是我的再生父母，我这辈子只给你们当儿子。"

17

　　我在厂里干得风生水起，还获得了国家级科技进步奖，也要执行厂里的规定：五十五岁内退。我离开工作岗位，一种截然不同的生活让我不知所措，整日萎靡不振，像病魔缠身。那些在我身边鞍前马后忙碌的人，不再邀我打牌喝酒，唱歌跳舞，他们有了新的服侍对象，有的拥有了别人侍候的职权。我尽量避开他们，免得见面时尴尬，特别是与我有过节的人，我隔老远就躲开了，生怕他们奚落我。我常常将人弄错，该躲的没躲成，不该躲的却避而远之。特别在冬天，大家穿着厚实的工服，像一个模子里出来的产品。有人给我打电话，说好下棋我却不见踪影，说好跳广场舞，我也屡屡失约。我不能继续逃避，不然一个朋友都没有了。

　　我决定去老家散心，沈菁菁立即张罗。妈妈接到电话，很早来到村口接我。她朝着车子迎上来，我赶忙下车。我们伸着双手，我喊着"妈妈"，她深情地喊着"崽啊"。

住了几天妈妈就催我回去，怕我耽误工作，影响生产。她讲着空洞而矛盾的道理，但我听得很认真。这个从电视新闻里获得信息的老人，用浓郁的乡音讲述时，我像在单位里听着时政报告。我说是内退，她以为是退休，说我离六十岁还差几年。她满脸疑惑，担心我犯了错误受到处分。因为村里有个小官，那个肩负生殖和排泄功能的东西让妻子之外的女人享用了，受到处分提前退休。我不能让妈妈怀疑，不然她会有更多奇怪的想法，甚至认为我触犯了刑律。我反复解释内退是厂里的规定，是提前休息，好好调养身子。她赶忙问我："身体怎么了？"

我站起来跳跃着，嗷嗷喊叫，啪啪地拍击胸脯，努力展示硬朗的身体，一遍遍地说："没有任何问题。"

妈妈不再询问，就去做永远做不完的家务。她左手抓着一端卡在腰上盛着饲料的筛子，右手提着一桶洗菜剩下的脏水，去伺候到处拉屎的鸡鸭。她动作缓慢，声音嘶哑，但不乏当年精干的影子。她不时提起黑色围裙擦手，围裙不是我小时候见过的那一块，但样式差不多。她不停地忙碌，叹息自己老了不中用，活着是个累赘。村里老人都这样念叨，子女听多了就心烦，有的还责怪着："好像谁虐待你了。"

妈妈身体不好，还和爹带着我不停地走亲戚，有的亲戚几十年不见，有的从未见过。我带着礼物，还给红包，亲戚摇唇鼓舌将我捧得如同天上的星宿下凡。那些以前从不正眼看我的亲戚，此时倾其所有，让我们吃好喝好，玩得痛快。那些咿咿呀呀喊我的细伢子，眨着双瞳剪水的眼睛，让我慷慨地掏出红包。走了几户亲戚，我厌烦了，除了舍不得钱，也觉得在崇山峻岭中坐车穿行，弄出一身冷汗，非常难受。不过妈妈要我去看望表婶，我立即答应了，因为她养了我好几年。

爹妈只在耕读夜校里扫过盲，如今像知识分子那样，理性地放下与表叔表婶的恩怨纠葛。实行联产承包责任制时，他们传话要建房的表叔过来伐树，将大树让他悉数弄走，如今又要我去看望表婶。我不能拒绝，丁点犹豫都显得我没有觉悟。

我不能像去看望其他亲戚那样，在兜里揣几个钱就走，必须认真准备。我准备了许多礼物，摆满一地。我租了一辆面包车，司机看着地上的包裹，面露难色："要加钱。"

那个我耳熟能详却没有来过的地方人山人海，我立即知道遇上集市了。乡亲们的摊位摆在马路两边，有的撑着塑料布棚子，旁边摆放几条凳子。那些肩扛手提着东西叫卖的乡亲，东张西望像一群觅食的鸡，还见缝插针来到马路中间，妨碍车子通过。汽笛声叫喊声混成一片。出土文物一样的面包车往前蠕动，响起了高档轿车那样响亮的汽笛，司机伸出脑袋大声喊叫："让开，往旁边挪一下。"

那个身子消瘦有些驼背的老妇人提着竹篓挪动时，像在爬行，旁边身材魁梧的中年女人还不让她。司机央求没有作用，面包车显然没有高档轿车那样的气势，让路的人慢慢吞吞，还怨声载道："你这破玩意，叫什么叫。"

我琢磨老妇人的茶叶、腌菜和鸡蛋能卖几个钱，想象她的生活几多艰辛。我又看到好几个像她那样的人，用筲箕或者篓子装着不多的土特产，四处张望。

车子离表婶家越来越近，眼前的一切与我脑海里的印象迅速对接。有些地方已大兴土木，面目全非，但那山那溪和那湾，还有旧房子的主人，我依稀记得。一些地方发生的事情历历在目。面包车到不了表叔原来的房子，那条通往表叔家的小路杂草丛生，雨水冲刷将小路断成几截。地坪里堆着垃圾，长满了杂草，阶石上那条被我砸出来的裂缝清晰可见，为此表叔骂了我，打了我。房子不见了，原地长着许多挂着小碎花的茅草，有几只蛾子飞动，仿佛小碎花被风吹了起来。我不敢走过去细看，害怕里面有马蜂和蛇。表叔表婶搬家了，我猜想那些外墙镶嵌白瓷片在阳光下熠熠生辉的房子，肯定有一栋是他们的家。

那些脸上脏不溜秋的细伢子和头发凌乱不堪的小妹子，跑过来好奇地看着我们。他们不知道表叔胡记清，却知道表婶乔晚妹，都指着那间土坯房子告诉我："在那里。"

也有不同的声音："她不在家，赶集去了。"

一个细伢子还说："她经常赶集。"

　　我们来到低矮的土坯房前，这里远不及表叔以前的房子，地方狭小，门前的斜坡塌陷了。屋檐下没有凳子，我噘着嘴吹掉台阶上的尘土，又从口袋里掏出卫生纸摊在上面，扶着妈妈坐下。

　　一辆破旧的面包车来到村里，没有轿车那样引人注目，留守老人以为打工的回来了，或者镇上的小店过来送货，都漠不关心。没有人告诉我表婶回来的时间，我决定去集市上找她。我要带一个伢子去，便于找到表婶。他们纷纷后退，当我拿出二十块钱作为酬金时，他们又跑了过来。我将钱交给那个说话清楚的细伢子，他爬上车时，他奶奶镰刀阿嫂嘀咕着过来了，将他拉了下去。细伢子不能帮我，却将钱交给奶奶。镰刀阿嫂将钱装进内衣口袋，然后说："我带你们去，细伢子搞不清楚。"

　　车子在山间小道上颠簸，司机将方向盘扳过来又打过去，像玩弄飞盘。我惶恐不安，戏谑着："慢点，方向盘弄坏了，车就开不了了。"

　　他对我的提醒置若罔闻，玩得更起劲，镰刀阿嫂失声尖叫，他立即减慢速度，还停了下来。他正要埋怨，镰刀阿嫂说："我看到乔晚妹了，她在那。"

　　她是我在集市上见过的老妇人。她右手压着竹篓的提手，像三只脚艰难行走。我推门下车，大声喊着表婶，她没有理睬。我以为她耳背，又说："……我是二伢子，是应中光，在你家住过好几年。"

　　我以为她记忆力衰退，对往事一无所知。可是她说："我知道。"

她看了看我，说："你老了，头发都掉了。"

她拖着竹篓往家里走去，我们一起喊着："过来坐车。"

我多说了一句："我们特意来接你。"

说服表婶上车是很困难的事，镰刀阿嫂就抱着她上车。表婶痴呆地坐在那里，像一个物件。一会儿她哇哇呕吐，镰刀阿嫂推开窗户，司机也停车让她歇息。这段十几里的山路，车子停了好几次。来到村里，她说坐车快不了多少，还很难受。

走上通往土坯房的小路，表婶用竹篓推倒伸到路中间的茅草，又伸脚踩踏。她搬来一块石头，垫在被雨水冲刷出来的小沟里。我没有踩踏，觉得石头不稳，也不忍心踩踏她的劳动成果。表婶的房子破烂得贼都不会光顾，门上却挂着大铁锁，比她的脸还大，这是以前生产队谷仓上的锁。她从墙角的蓑衣里翻出一串钥匙，长钥匙比筷子还长，短钥匙像一支笔，连着一个乌龟壳。她开完锁提着钥匙走进屋子，其实是拖着钥匙，乌龟壳和钥匙在地上划出叮当当和嚓嚓嚓的声音。我小心地走进去，阴暗的房子里坑坑洼洼，弥漫着恶心的霉臭。她拿着短钥匙插入里面门上的铁锁，咔嚓声比外面铁锁上的还大。屋子里东西寥寥无几，她却弄得家财万贯似的。

我问她表叔、表姐，还有表弟呢……提起这些往事，表婶泪眼婆娑，呜呜咽咽。过了好长一会儿，她才说："你离开以后……"

18

那时候她舍不得我走，可是留不住我，我走后她很愧疚，不管怎么说，应该让我体面地回去，至少给我做一身衣服，让我吃饱饭再走。知道我过得好，她放心了，我考上大学，她高兴得逢人便说，也感叹自己没有福气。后来表叔找我爹要抚养费，她跟表叔吵了一架，表叔用旱烟杆打她，头上鲜血直流。

她撩起头发露出疤痕，我不知道说什么，只是阴沉着脸似是而非地点头。她接着说。

……在这里即使有过继的儿子，也没有资格跟随族老去祭奠菩萨和祖宗。以前风声很紧，族里祭祀偷偷摸摸，表叔只能守住村口，防止外人特别是大队干部过来。他们还阻止表婶在外面走动，赶上表婶去茅厕解手、喂猪，竹林里便有人叫她快回去。

有了毛伢子，表叔能参加族里祭祖，表婶可以去现场观看，还能帮忙，跟其他善男信女一样作揖跪拜。表叔第一次参加祭祖兴奋地喊叫：

"列祖列宗，我有儿子了，可以堂堂正正站在你们面前了。"

谁家儿子越多，地位就越高，在村里就有话语权。胡世告孩子最多，有六个儿子两个女儿，还不算死去的一儿一女。他婆娘身上掉下那么多肉，落下一身病痛，瘦弱得风一吹就会倒下去。这个因为生孩子而声名远扬的妇人，被青元老汉尊为有德之人，村里大小事情都让她参与。胡世告像牛马一样忙碌，孩子食不果腹，衣不蔽体，却没有送人，有人登门造访，开出诱人的抚养条件，他也不为所动。这方面我爹比不上他，我们才三兄弟，我就被送了出去。

表叔对胡世告刮目相看，渴望像他那样儿孙满堂，胡世告家里增添一个婴孩，他就啧啧赞叹。胡世告婆娘诞下一对双胞胎男婴，他醋海翻涌，大骂表婶是阉猪，还要跟她离婚。卫生院医生说他也有问题，他才停止吵闹。他在没有人的地方解开裤子，嫌弃地折腾那个肩负排泄和生殖功能的器官，感到剧烈疼痛才停下来。他咬牙骂道："不争气的东西。"

表婶怀孕了，他像打了鸡血一样大喊大叫，还走村串户，不厌其烦地向人诉说。他解开裤子，看着被折腾得伤痕累累的器官，拖着长腔感叹："终于为我争了一口气。"

表婶生下小名叫毛伢子的胡盼龙，又两次怀孕，一次流产了，一次是宫外孕，还去城里做了手术。此后表婶的身子每况愈下。

表叔成了生产队最忙碌的人，除了筹钱给表婶治病，也想法让毛伢子过上好日子。他经常上山采药，带回毛伢子喜欢的野果。他卖掉中草药，也编织草鞋去集市上售卖，给毛伢子做新衣服，购买纸笔，还有硬糖……毛伢子吃零食，身边围着细伢子和小妹子，伸手乞讨的是细伢子，得到零食的却是小妹子。细伢子愤怒地喊叫："她是你婆娘。"

毛伢子和小妹子满脸通红，急得直哭。有一回毛伢子张牙舞爪地喊叫："同姓不能结婚，会中邪的。"

后来遇到这种情况，细伢子就说他勾引小妹子。他情急中喊叫："勾引你妈妈。"

细伢子的妈妈走了过来，汗迹斑斑的脸上沾着草叶，像刚从草堆里爬出来。她戏谑地说："'小蚯蚓'还没长成，就想勾引老娘，不怕老娘一用力就把它夹断了。"

毛伢子兜里装着硬糖，身边常跟着人。他昂首挺胸，背着双手，迈着有力踢着空气的步子，嘴里哼着调子，派头十足。放牛打草砍柴时，他安详地躺在草地上，将脚架在膝盖上，转动脚指头对着湛蓝的天空，想象着画出图案。他睡觉醒来，小伙伴已经将牛赶了回来，给他扯满了猪草，捡好了柴火。上学时他的书包挎在小伙伴的肩膀上，他吊儿郎当，老师训斥他："像二流子。"

隔壁村的大块头棉花姐，独来独往，从不跟人说话，老师喊她，也低头不语，人送外号"闷葫芦"。石伢子这样喊叫，她破口大骂，大打出手。小伙伴要求毛伢子带人替石伢子出气，有人摩拳擦掌，跃跃欲试，毛伢子却战战兢兢，畏缩不前。听说毛伢子要替石伢子出气，棉花姐找了过来。毛伢子慌忙逃离，隔老远才朝着棉花姐喊叫："我没有说要替石伢子报仇。"

放学后毛伢子对着小伙伴吆五喝六，他们却远远地躲开了。他故伎重演拿出硬糖，放进嘴里咻咻又哟哟地叫着。那个叫烂蓑衣的伢子赶忙给他背着书包，伸手讨要硬糖，得手后却将书包扔在地上，转身离开。烂蓑衣咬开硬糖，将一半交给石伢子，石伢子将硬糖含进嘴里，在小伙伴簇拥下离去时，咻咻又哟哟地喊叫着。

毛伢子众叛亲离，决定重塑形象。在那个残阳如火的黄昏里，石伢子将与同学的争吵扩大到生产队间的群殴，毛伢子也囊括进来。石伢子一伙人旗开得胜，不料棉花姐的小伙伴来增援，形势急转直下。石伢子和小伙伴作鸟兽散地逃离，烂蓑衣被棉花姐铁钳般的手牢牢擒住，困兽犹斗般拼命呼救。毛伢子咬着嘴唇冲了过去，棉花姐大声喊叫："你过来送死。"

棉花姐一伙人被急红眼的毛伢子吓傻了，都张着空洞的嘴巴，像等待喂食的雏鸟。毛伢子在棉花姐手上咬了一口，鲜血直流。棉花姐压着手咿呀喊叫，毛伢子趁机拉着烂蓑衣跑了。棉花姐慌忙追赶，边跑边骂。毛伢子奋起还击："你过来，我就把你的肉咬下来。"

烂蓑衣感激涕零，成了毛伢子的死党。毛伢子不再依靠施展恩惠来笼络人心，小伙伴自觉回到他身边，越来越多。

学生打架屡禁不止，老师和家长将"账"记在毛伢子身上。他受到家长的指责和恫吓，老师严厉批评，还过来家访。毛伢子没有考上初中，表叔托人找关系，为他争取了名额。初中时毛伢子比较安分，成绩不好遭到老师奚落，在同学中抬不起头，学校领导也严厉警告："老实待着，不然就滚蛋。"

19

　　表姐胡凡娥念完初中就辍学了。其实她可以上高中，通知书装在表叔的口袋里，几天后才拿出来，被汗水浸得字迹模糊。表叔粗鲁地揭开通知书，弄得面目全非。他认为弄坏通知书，表姐就不能上学。事实上她可以去学校报到，学校墙壁的红纸上写着新生的名字和班级，老师手里还有名单，初中同学也可以证明。表叔不想让她上学，却装模作样征求她的意见，防止她将来抱怨。她不停地干活是躲避烦恼，却让表叔看到她居家的价值。她无论走到哪里，都有活等着她。她顶上牛栏横杆，就去疏通堵在鸡窝口的鸡鸭；毛伢子摔倒在地，她扶起他，替他擦脸；成群的蚊蝇飞来飞去，她用湿树叶笼起浓烟……她忙得不可开交，表叔追过来问她："你说句话，我问你呢。"

　　表姐连连后退，低头抽泣。表叔心里怦怦直跳，过了一会儿才说："你去上学吧。"

　　"通知书都没有了，还上个啥。"

表姐成了生产队早出晚归的社员，她干着成年人的活，却拿着较少的工分。她进入大队文艺宣传队，是文化水平较高的队员，却只能打杂，不能上台表演。负责文艺宣传队的大队妇联主任考察她，她唱歌跑调，还唱错歌词，跳舞也笨手笨脚，像一只熊。妇联主任要她回去，她不走，就安排她做饭。她很勤快，除了做饭还给妇联主任端茶递水，打伞摇扇。

女大当嫁，姓包的胖媒婆给表姐说过媒。包媒婆效仿电影里说媒人的样子，穿着宽松的斜襟老布衫，戴着绣花的黑帽围，提着黄澄澄的铜烟杆，但没有在脸上点痣子，缀上一撮毛发。她从村里路过，被表婶喊到家里歇脚喝茶，品尝新收的栗子。她口口声声说不能逗留太久，有要事在身，却迟迟不愿意离开。她咔嚓咔嚓剥着栗子，直到一盆栗子吃得一粒不剩。表婶将一包栗子放在她手上，又剥一颗放进她嘴里，然后说："我家凡妹子长大了，有合适的给她介绍一个。"

包媒婆满口答应，嘴唇抖动碎渣下雪一样纷纷掉落。她拍着胸脯，啪啪响，像拍打别人。表婶心疼地拉着她的手，却没有阻止她保证。表婶就等着她这句话："你的事就是我的事。"

包媒婆酒足饭饱回家时，表婶除了送上栗子，还送给她一只鸡和一篓子鸡蛋，表叔也拿出一把旱烟叶送给她的老汉，还说："新叶弄好了，我给他留着。"

包媒婆拿了表婶的东西，就着手寻找目标。她被狗子追得仓皇逃窜，摔得鼻青脸肿，也没有放弃为表姐寻找婆家，可是对方听说是表姐立马回绝了，还说她眼光越来越差。包媒婆于是降低标准，去找那个左手残疾却志存高远的大龄青年姚同志。约定见面时，姚同志变卦了，有人给他介绍了一个漂亮的聋哑人。包媒婆后来便杳无音信，仿佛撒手人寰，表婶去她家里，也没有见到她。

胡世引给表姐介绍个外乡人胡锁三，胡锁三年纪大，却没有表姐所说的跟表叔一般大，只是长得老气横秋。胡世引领着表叔和表姐去胡锁三家里，按照山里的规矩订下亲事。单身时间不长的韩寡妇眼神忧郁地走了过来。胡锁三的爹胡驼子认为她不吉利，便冲过去阻止，他被门槛绊了一脚，爬起来又冲过去。几个年轻人伸手阻拦，韩寡妇张牙舞爪地喊叫："不要占老娘的便宜。"

他们退缩了，离得远远的，不想招惹这个可怜人。韩寡妇心肠好，丈夫重病缠身，她举债为他治病。她与胡锁三越过"雷池"是丈夫过世后，胡锁三睡她时发誓要娶她，可是系上裤腰带就翻脸无情，觉得跟有两个孩子的寡妇过日子，替她偿还天文数字一样的债务得不偿失。韩寡妇喊着胡锁三出来，又进屋拽着他的胳膊。胡锁三的娘陈阿婆以死相拼，胡驼子破口大骂，粗暴推搡，韩寡妇见势不妙退了出来，坐在地坪边一言不发。表叔和表姐明白胡锁三与韩寡妇肯定存在纠缠不清的瓜葛，却没有离开，表姐双手掩面趴在桌上，表叔大声质问："说清楚，怎么回事？"

韩寡妇突然走了过来，对着胡锁三大喊大叫："你睡了老娘，说要娶我的……"

陈阿婆歇斯底里地与她对骂："你冤枉人……你见鬼去吧。"

陈阿婆骂不过韩寡妇，就拿着木棍追过去。她不是韩寡妇的对手，韩寡妇一抬手，她就栽倒在地。胡驼子冲了过去，喊叫其他人帮忙。表叔和表姐再不离开就不合适了，傻子也不会尴尬地待在那里。表叔表姐和胡世引灰溜溜地走了像一群小偷。

陈阿婆以死相逼要求胡锁三向表姐认错，乞求原谅。他带着聘礼来到表叔家里，满以为表叔表婶见钱眼开，会既往不咎，不想表叔暴跳如雷，大骂不止。表姐哭哭啼啼要他走，叫他滚。他死皮赖脸待在那里，不停地道歉。无法赶走这个无赖，表叔就将他的东西扔出去，还打烂一瓶酒。

后来表叔和表婶想起胡锁三，觉得放弃他很可惜。表婶说："他毕竟没有结过婚。"

不过想到他要求赔偿打碎的酒，他们勃然大怒，骂他是小人，伪君子，不配成为他们的乘龙快婿。胡锁三和韩寡妇结婚后，他们断了这个念头。

表姐婚姻连连受挫，意志消沉，有一段时间卧床不起。在那个乌云密布的上午，她离家出走了。这个经常给人代写书信的人，没有留下只言片语。表叔表婶出工回来，见地坪和台阶上被鸡鸭弄得乱七八糟，大声喊着表姐。那些惯常的骂人的话，只等表姐应答一声，就洪水泛滥般涌现出来。表婶喊了一会儿没见人还是骂了，表叔也跟着骂道："什么都不干，没用的东西。"

他们以为表姐在山上溜达，不再呼喊。在这个树木葱茏生机盎然的地方，她可能效仿某些自恃清高的高中生，昂首挺胸站在风景宜人的地方，踩着丁字步，伸着粗黑的手，将摘抄下来的诗词，嗯嗯啊啊吟唱得像自己的杰作。表叔往那个能眺望远方的山岗上走去，看了很久，喊了一阵，没有找到表姐。吃完饭他们接着下地干活，给表姐留了饭菜，比往常的多。

天黑了表姐也不见踪影，表婶哇地哭了，撒泼地坐在地上，弄得灰头土脸。表叔埋怨表姐时牵涉到我："跟那臭小子一样，不顺心就往外跑。"

天黑前表姐无法穿越阴森恐怖的峡谷，就往回走。她跑了起来，也未能在天黑前赶到家里。她回来时见地坪里许多人，像在开会。汉子举着葵秆火，像要揭竿而起。几个拿着手电筒的人，嚷着要表叔报销电池。在这个不足百人的村子里，只有表叔请人寻找孩子，以前是找我，如今找表姐。有人说风凉话："记清老子的崽女成精了，一个个往外跑。"

还有人对毛伢子说："你不要学他们，你走了，你爹就没有崽了。"

表叔表婶表情难看，却没有咒骂。表叔咧嘴笑着，还拉扯表婶的袖子，向她努着嘴，示意她像自己一样。表婶笑不起来，就咬着嘴唇，牙痛似的。表叔要她给表姐做饭，炒点腊肉，再煎个鸡蛋。

表姐还是去城里做事了，具体时间表婶忘记了，只知道是表叔从我家弄来树木搭建两间房子之后。表姐像男人一样扛木头，帮着锯木。表叔表婶不让她外出，每条理由都体现着关爱。表姐去意已决，罗列出许多理由，都说服不了表叔表婶。直到她说出去后会带回一个女婿，他们答应了，但很牵强。他们准备了许多东西，还给她做了新衣服。她一样也没有带走，说衣服太土，穿着像老太婆。她拿走了表叔藏在床底箱子里的钱。表叔以为家里遭贼了，在村里破口大骂，还报了警。后来表叔去信说家里发生的事，她说钱被她拿了。

表姐在县城待了几天，就去了省城。她不停地换工作，有店主的原因，也有她自己想法太多。她工作不稳，心情不好，没有给家里写信。表叔表婶心急如焚，你来我往地斗气。表叔逢集必赶，在旁边的邮电所待很久，没有表姐的来信就垂头丧气地离开。表叔去县城寻找表姐，表婶也吵着要去，可是那些家禽家畜，还有上学的毛伢子离不开她。表叔等班车时，大嘴巴邮递员推着车子过来了，用一串响亮的铃声和粗鲁的喊叫叫住他，将一封信递过来。这个看不顺眼就唠叨几句的家伙，在表叔抓来一把旱烟丝时，埋怨起来："像乡政府的秘书，天天来问信。"

表姐在一家肉食加工厂洗肠子，活不累，但很脏，她留下来是能按时拿到工钱，还有关心体贴她的老男人"红鼻头"。红鼻头说他单身，表姐就想嫁给他，还不加分辨地跟他同居，怀上孩子。她从红鼻头那里体会了生理上的快乐和精神上的关爱，相见恨晚，可是红鼻头不带她回家，还胡说八道："我是孤儿，吃百家饭长大的。"

说到去看望表叔表婶，红鼻头搪塞着："再挣点钱，我们风光地回去。"

她信以为真，觉得他可以托付终身，还对他凄惨的童年深表同情。其实红鼻头有爹有妈，还有给他生育三个女儿的婆娘。他听信村里姜神婆的谗言，将没有子嗣的责任归咎于婆娘命中注定。隔壁村的袁神棍也说："想生儿子，除非换人。"

他的糟糠妻子很贤惠，三个聪颖乖巧的女儿，爸爸长爸爸短地叫，让他幸福地笑着。他并不想跟表姐在一起，是表姐主动迎合上去，这个恋爱婚姻上屡遭挫折的人，对爱的渴望尤为强烈。红鼻头与表姐相处安全是为满足生理需要，表姐怀孕后，他就想要个儿子。他隐瞒家境的水平并不高明，表姐却深信不疑。红鼻头同乡酒后说漏嘴，她也没有怀疑，还说同乡嗜酒如命，一派胡言。

红鼻头多年不回家，又不给家里寄钱，婆娘麻小花带着小女儿找了过来。麻小花去肉食加工厂的路上见到表姐，表姐休假半天，准备给将工资奖金悉数上交的红鼻头做一顿好饭。听到跟红鼻头一样的口音，表姐靠上去跟她搭讪，还给她提着布包。看着她带着大包小包，表姐说："对你男人真好。"

麻小花说出丈夫的名字，还说不知道他过得怎样，几年没有回家了。

表姐像感到一声炸雷在头顶上响起，天旋地转。她靠着水泥电杆，张开嘴巴大声喘气。她提着的大布包掉了下去，啪地溅起了灰尘，小布包坠地声沉闷，却砸在脚上。麻小花捡起布包，里面有瓶瓶罐罐，不能打坏了。表姐伤心抽泣，高耸的乳房猛地抖动。麻小花张口结舌，鼻子上的川字纹，像刀子刻上去一样。

"妹子，怎么啦？"麻小花慌忙问道。

表姐强颜欢笑的样子很难看，麻小花的小女儿吓哭了。表姐抬起手擦拭眼泪，双手搓来搓去。她偏着头，将声音挤出来："没……没什么。"

20

在摆放一张床就放不下其他东西的出租屋里，表姐呜呜地哭，左右开弓地抽打自己的耳光。麻小花牵着小女儿站在门口，看一眼身后的布包，惊愕地看着表姐。表姐停止哭泣，指着麻小花张牙舞爪地咆哮："你出去，别站在门口。"

麻小花就退到空地上。她没有走，抬头仰望天空，又看着棚子一样的房子，似乎担心下雨。表姐摔门出去，她才离开。麻小花来到肉食加工厂，走向那棵小树制造的稀疏斑驳的阴影里，将自己的影子贴上去。有一段时间她睡着了，树荫移开了，她歪斜着坐在布包上，守着非常清晰的阴影。她摸着趴在腿上睡得很香的小女儿，脑袋慢慢垂下，忽又猛地抬起，再慢慢垂下……

下班时厂门口人员三三两两，麻小花盯着边走边脱下油腻衣服的红鼻头，像唱歌一样喊着他的名字。她走了两步就停下来，对小女儿说："叫爸爸，快叫爸爸。"

红鼻头听到女人叫自己，以为是表姐，跑了起来，准备询问打酒了没有。看到麻小花和小女儿，他失声尖叫，仓皇后退。他愣了一下才走过来，喊着小女儿的名字，张开手臂去抱她，但没有一如既往地说爸爸想你。他左顾右盼，将汗迹斑斑的麻小花拉到边角，轻声说："你怎么来了？"

他很冷漠，麻小花生气了："你不希望我们过来？"

她随即告诉他："我坐火车来的，按照信上的地址找过来的。"

麻小花将脸转向一边，忧郁的表情很凄美，却奉献给了破烂的墙壁和肮脏的地面。红鼻头方寸大乱，魂不守舍，答非所问。他慌忙说便急要上茅厕，还没等麻小花麻回应，就飞快地跑了。他害怕表姐知道婆娘过来了，要稳住她，不能让她们相见。他直奔出租屋，气喘吁吁喊着表姐。屋子里没有人，他也不停地喊叫。他揭开锅盖看了一眼，骂了起来："死懒婆娘。"

他没有从床底下的鞋盒里拿到钱，钱被表姐取走了。他必须尽快安顿麻小花母女，住几天就送走她们，可是他身无分文。他给表姐留下一张纸条，歪斜的字体和错别字，暴露出他很差的文化水平和慌乱的心情。他说一个朋友出事了，要他去帮忙。他耽搁很长时间，麻小花抱怨连连，他就嘿嘿地笑。他领着麻小花母女在街上漫无目的地行走，苦苦思索对策，结果刚有些眉目，就被麻小花的埋怨搅得乱七八糟。小女儿蹲在地上赖着不走，他才决定去找老乡箱子老汉，并哄她："拐过前面那个弯就到了。"

箱子老汉跟红鼻头长得很像，说话结巴。麻小花没有说话，但表情上写着："有这么巧的事情？"

隔壁厂房里机器运转的声音很大，红鼻头大声说话，箱子老汉还听不清楚。红鼻头不胜其烦准备离开时，箱子老汉答应了："好……啊好……我……我帮你。"

箱子老汉跟他一同欺骗麻小花，说他们合租一间房子。箱子老汉给一家工厂烧茶水，住在茶炉房旁边的小屋里，声音很吵，灰尘很多。麻小花要红鼻头将来找个好的住处，他却埋怨起来："有地方住就不错了，这不是在家里，想怎么着就怎么着。"

麻小花虽认为这里太脏太吵，也住了下来，她觉得红鼻头说得对，在外面不能太讲究。她将屋子打扫干净，将被褥浆洗一遍，还用棍棒和扫把拍打草叶上的煤灰，弄得尘土飞扬，像刮起了沙尘暴。茶炉房周围的草叶恢复了颜色，垃圾也被清理干净，她还用水冲洗。厂长过来表扬箱子老汉："你有一个好老婆。"

表姐转了一会儿就回来了，她要上班，还要送儿子上幼儿园。红鼻头不知道表姐见过麻小花，决定中午陪伴麻小花，晚上陪伴表姐。他对麻小花说去帮老乡做事，这个傻女人毫无怨言。看到红鼻头回来，表姐紧绷着脸，脸似乎瘦了一圈。她呜呜地哭，啪啪地跺脚。红鼻头大献殷勤，表姐奋力推开他，冷冷地说："你做的好事……"

她拿着东西砸过去，红鼻头没有躲闪，像木桩子一样站立。她提着装满水的茶壶，他大声喊叫，连声哀求，也未能阻止她的鲁莽行为。茶壶飞了过来，他迎了上去，伸手拦截。他没有接住茶壶，茶壶摔烂了，手出血了，浇了一身茶水。他骂骂咧咧，愤然离开。

箱子老汉觊觎麻小花的姿色，按捺不住地跟麻小花说出了真相，希望她感激涕零地倒在怀里，成为他的玩物。他淫笑着："你……你男人……找……啊找了女人，生……啊生……生了个娃。"

麻小花惊愕地张着嘴，像在脸上挖了个窟窿。由于嘴张太大，她用手端住才能合上。她揉着嘴巴说："我知道了。"

麻小花再见到红鼻头破口大骂，也不避开小女儿，小女儿哭求使场面更加悲怆。红鼻头低头不语，像罪孽深重的坏分子。麻小花要求见见那个骚婆娘，红鼻头从喉咙里挤出几个字："不能见。"

他又嘀咕："怕你们打架。"

在箱子老汉帮助下，麻小花找到表姐，原来是她刚来时遇到的人。面对高大威猛的表姐，麻小花惶恐不安，表姐置之不理，继续忙碌。她骂了起来，表姐锁上门走了。她以为表姐心虚胆怯，追上去抓着表姐的头发，表姐瞪了一眼，伸手推开她。她再次去抓表姐的头发，表姐破口大骂，将她打倒在地上。

红鼻头答应回家，麻小花就不再哭闹。他们带走了表姐的儿子，表姐下班去幼儿园，老师说："他爸爸接走了，上午十点钟接走的。"

她心急火燎去问红鼻头的领导，领导告诉她："他结算工资，辞工了。"

领导惊愕地问："你怎么没有跟他走？"

一番闹腾后，表姐决定去找红鼻头。她神情恍惚，是非不分，说只要儿子有爹，她甘愿做红鼻头的细婆娘，还说如果那女人愿意，就让她当正的，自己当小的。

她从箱子老汉那里得到红鼻头的家庭地址，又找人核实，准确无误后动身前往。她坐了三次火车，两次班车，一次轮船才到红鼻头的村子。放牛的伢子告诉她红鼻头的房子，还带她过去。

面对红鼻头的爹妈，表姐过了一阵才介绍自己。老人连一杯水一张凳子也没有给她。老头说儿子打工没有回来，就不再说话，表姐苦苦哀求，他依旧折腾旱烟杆和烟荷包，还不如聋哑的婆娘线婆子，不时咿咿呀呀地比画。他转过身去，提着凳子走到地坪边，还叫小孙女离开。表姐双脚猛地抖动，身子摇晃，要栽倒下去。围观的人并未看出门道——她要跪求老头。一个大妈看到她脚边有鸡屎，冲了过来。由于她抢到零点几秒的时间，表姐双膝没有跪在地上，可是她低估了表姐的分量，也高估了自己的实力，她招架不住，表姐跌坐在地上。表姐没有坐着鸡屎，却压着了她的脚。她哎哟一声，对表姐说："地上有鸡屎，你没有看到？"

乡邻顾及红鼻头爹妈的感受开始回避，表姐打探红鼻头的下落，他们纷纷摇头。有人对红鼻头的爹妈说："我们什么都没有讲。"一个小个子走到老头身边澄清事实，结果遭到老头厉声呵斥："滚——"

表姐逢人便问红鼻头的消息，隔壁村的人也装聋作哑，远远躲开。这里有红鼻头的亲戚，他们惧怕亲戚告密，让红鼻头家里人找过来，徒增烦恼。再过一个村子情况截然不同，人们争相提供信息，想法给予帮助。一个汉子说红鼻头两口子在县城杀猪，具体在哪里却不知道。表姐掏出两块钱，汉子客气地推搡，似乎坚辞不受，转脸又接过钱。她又得到一个重要信息，红鼻头两个女儿住在外婆家，汉子还说出地址。

表姐立即赶往学校，见到红鼻头两个女儿，大女儿闭口不语，二女儿竹筒倒豆子地说出爹妈在城里的地址。二女儿正要说出她儿子的下落，大女儿突然伸手捂着她的嘴巴，拽着她跑开了。表姐追了过去，上课铃声响了，孩子们争着涌向教室。表姐坐在操场边，哈欠连天，却不敢睡。铃声响起她翻身而起，立即冲向教室门口，却不见她们的踪影。

表姐花费好长时间，才找到红鼻头的猪肉摊。城里长期摆设的猪肉摊有三十几个，分布在七八个地方，那些在城乡接合部的临时摊位不计其数，摊位多寡跟时令季节有关。黄昏时红鼻头的案板上还有不少猪肉，连抢手的猪肝也剩下一大块。一群苍蝇与红鼻头缠斗，有几只俯身扎了下去，在他的老蒲扇面前无法着陆，有一只被拍落在地，可是他没有找到，不然他的臭脚会将它踩成肉泥。表姐看了好久才走过去，站在摊位边没有责骂的勇气，连问话声也很轻。她长途奔袭蓬头垢面，红鼻头没有认出来。他以为是买肉的顾客，立即咧嘴挤出笑容，声音响亮地说："看好哪块肉，我给你切。"

有了"顾客"，红鼻头咒骂苍蝇的声音响亮起来："老天怎么不收了你们。"

他赶跑苍蝇就招呼表姐，还没有惯常地说你要多少，就一声惊叫跌坐在地上。他紧握屠刀，生怕表姐打过来。他经常梦见表姐。他往出口看了看，回去做饭的麻小花没有一如既往地站在那里，跟人说着毫无用处的话，就战战兢兢地说："你来了——"

在这个人地两生的地方，表姐惴惴不安。她千里迢迢过来不是要将红鼻头痛打一顿，或者羞辱他一番，是要找到儿子。她咬着嘴唇，过了很久才说："你好狠心。"

红鼻头以为她会歇斯底里地喊叫，可是她很理智。他低头避开表姐的目光，轻声说："是那婆娘弄的。"

表姐突然往外面走去，红鼻头以为她看到麻小花，拔腿追了过去，她却走向垃圾堆，咔咔地擤鼻子。他从口袋里掏出蹲茅坑用的卫生纸，放在表姐手里，嘀咕着："这里很臭。"

表姐呜呜地哭，有人围了过来。她喊着要见儿子，有人声援后，她步步紧逼。红鼻头慌忙应付，连连否认刚才所说的孩子在她姑妈家里。

他谎称儿子在火车上丢失了，还指天发誓："我要骗你，天打雷劈。"

红鼻头谎话连篇，表姐也让他说下去。她想从中发现端倪，他却闭口不谈儿子。她咄咄逼人，他岔开话题，或者装聋作哑。表姐张牙舞爪地咆哮，那些买卖东西的人停止交易，跑了过来。有人大声喊叫："快看，他们打起来了。"

21

红鼻头灵巧的身子和强劲的胳膊，在为他生育儿子的女人面前变得笨拙绵软，表姐三下两下就将他摔倒在地。他哀求表姐放他一马，又抱怨地上的油污和臭味，转移视线。表姐忍受不了污泥的怪味，让他站起来，又气势汹汹地说："来，换个地方打。"

红鼻头赖着不走，表姐抓着他的衣领，往街道上拖他。起哄看热闹的人越来越多，红鼻头奋起反抗。表姐又摔他，竭尽全力却未能如愿。她惊讶地喊叫："嘿——王八蛋，你长能耐了。"

表姐气喘吁吁准备放弃，红鼻头却摔倒了，像从楼上坠落一样啪的一声，有人绊了他一脚。表姐扑了上去，变换姿势后坐在他身上，左右开弓抽他耳光。他的胡茬让她感觉像抽打在钢刷上，她揉了揉手，吹了吹气，疼痛缓解又继续抽打，啪啪声更响。红鼻头不停地转动脑袋，努力躲避表姐喊叫着扇过来的巴掌，表姐很快找到规律，啪啪声又响了起来。红鼻头双手护着脸，也不能有效阻止她抽打。她停了下来，双手打痛了。她挪动粗壮的腿，下蹲起地跳跃，将肥硕的屁股砸在他胸脯上。她哭诉着："你骗了我，又拐走我的儿子。"

红鼻头痛苦地哀号，激起表姐折腾的兴致。她蹲起来用手砸着他的胸脯，咬牙切齿地骂着："叫你拐走我的儿子……"

表姐不停地折腾，坐得红鼻头身上咔嚓作响。红鼻头停止哭喊，努力往身子里吸入空气，将胸脯撑起来，弄得肚子圆鼓鼓的。围观的人没有劝阻，还取笑他们在大庭广众之下行苟且之事，有人拉扯红鼻头的裤子，想弄出那个惹是生非的东西。表姐赶忙起身，羞怯地用手捂着脸。红鼻头翻身而起，提着裤子撒腿就跑。表姐紧追不舍，他说："等我卖完猪肉，就带你去看儿子。"

红鼻头回到猪肉摊，摊位前空无一人。

他将猪肉放进筛子里，用尖刀刮着案板上的碎肉，碎肉里夹杂着木屑。他解下人造革围裙，叠得方方正正，放在放着杀猪刀的另一只筛子里。围裙油光发亮，红鼻头挥手赶走趴在猪肉上的苍蝇，跺脚吓唬和责骂准备偷肉的黑猫，挑起担子收工。他想跟表姐说话，却先跟熟人说了。熟人说了句废话："收工了？"

他也用废话回应："收工了。"

他将肉担子寄存在斗篷店里，对店主说一会儿就过来。他始终琢磨如何摆脱表姐，防止她带走儿子。儿子寄养在乡下他的妹妹家里，他却带着表姐在城里转悠，说儿子在幼儿园，又说在亲戚家里……他还要诓骗下去，表姐抓住他的衣领，用胳膊扼住他的脖子，又要撂倒他。他哭求着："松开手，我脖子断了。"

表姐没有用力，红鼻头嘴里也喷喷的哟哟的，仿佛伤得不轻。红鼻头夸张的表演得不到同情，就收回摸着脖子的手，多余似的吊在那里。不待表姐允许，他突然走进茅厕里，窗户破烂不堪，他想翻窗逃走。窗户上布满蛛丝，像搭着一张破烂的渔网，一只栗子大的蜘蛛守在那里，大有一夫当关万夫莫开之势。他攀越窗户时朝着守在外面的表姐喊叫："我要拉一泡屎。"

他不敢用手驱赶蜘蛛，害怕它咬人。茅厕里没有棍棒和扫把，他脱下鞋子，朝着蜘蛛网扔去。鞋子"嗖"地飞了出去，蛛网出现了破洞，蜘蛛不见踪影。他左顾右盼才攀越窗户，生怕蜘蛛出现。他伸手扫着蛛丝，蛛丝缠在手上，像套着一只烂袜子。他捡起鞋子往脚上套，蜘蛛在鞋子里，险些被它咬了一口。蜘蛛肚子裂开，不全是他踩压所致，估计是吃得太饱。

表姐动辄催促一下，得不到回答就大声埋怨，说这么久一辈子的屎都拉完了。她又恨恨地说："好好拉吧，我能等。"

又过了一阵她急了，不顾茅厕里有人，抬腿冲了进去。拉屎的人来不及擦拭屁股，慌忙提起裤子。他们骂她，赶她，她置之不理，依旧认真寻找，不放过任何地方。看着敞开的窗户和上面踩踏的痕迹，她满脸沮丧，大喊大叫。

她在城里找了两天，骂了红鼻头两天两夜，睡梦里都没有停歇。她找遍幼儿园和民工住所，没有红鼻头的踪影，更不见儿子。她在红鼻头摆摊的菜市场守株待兔，希望奇迹出现。一天大清早，一个中年女人提着水拿着扫把来到红鼻头的摊位上，表姐见过麻小花，但印象模糊了。她冲过去大骂她和红鼻头弄走了儿子，还跟她厮打。中年女人还没有反应过来，扫把被表姐夺走了。表姐将扫把扔出去很远，狞笑着："对付你，我不用这个。"

中年女人哭着求饶，男人听到婆娘的哭喊声，扔下猪肉担子跑了过来。表姐的愤怒被汉子的巴掌和拳头打得七零八落，她坐在地上，茫然不知所措。中年女人没有趁机打过来，连涕泪也不擦拭，就去洗刷摊位。事情真相大白，表姐也不认错，还咬定他们替老男人做生意的。市场管理员说他们是他找来的经营户，以前那两人不干了，表姐才相信他们与红鼻头没有干系，便向他们道歉。几天折腾一无所获，她呜呜地哭，哭累了就坐在地上，将头放在搭在膝盖的手臂上，满头散发垂柳般落下来，将羞涩和沮丧蒙在里面。

半年后她又去找儿子。在红鼻头摆摊的菜市场，她没有获得任何有用的信息，就去找他的爹妈，还买了礼物。她做了头发，在脸上涂抹脂粉，将嘴唇抹得血红。她消瘦了许多，红鼻头的爹还是认出了她。老头看到礼物就招呼起来，还进屋倒茶，准备去做饭。表姐饥肠辘辘，渴望得到食物，但更想见到儿子。她张口便说："我儿子在哪里？"

老头惶恐不安，脸皮猛地颤动，要哭似的。表姐顿感失言，赶忙说："我只想看看他，说说话。"

老头什么也不说，生气地将菜勺扔进煎油的铁锅，将铁锅砸开一个洞，火焰吞噬了铁锅，将他吓得要死。老头破口大骂损失一口铁锅，表姐认为他针对自己，大声喊叫："凭什么不让我看儿子？你们没有良心……"

老头张牙舞爪地咆哮，唾沫横飞像下着毛毛雨。两个斗红眼的人动起手来，线婆子跑过来帮忙，她没有缚鸡之力，就咿呀叫唤。她挂着白沫的嘴咬住表姐的手，表姐猛地甩动，甩不掉就用另一只手推她，用脚踹她。线婆子啪地倒在地上，呻吟几声后便一动不动。老头和表姐停止殴打查看情况，表姐慌了，战战兢兢地说："她……她装死……"

老头号啕大哭，乡亲们闻讯赶来。有人说线婆子不行了，表姐才想到逃跑。想到自己会被打死，她哇哇大哭。她跑丢了鞋子，光脚在石子路上飞奔，脚上流着血，也不停歇。村民操着家伙，有的拿着石块，喊叫着追过来，她被人用化肥袋子罩着头，绑在树上，拳头和臭脚还有木棍雨点般打过来。她撕心裂肺地哭喊却没有求饶，而是喊着儿子。有人撕开她的衣服，看着像气球一样的双乳嘿嘿地笑。那个老光棍舔着舌头要揉捏她的奶子，被人拉住了，遭到斥责。有人扯着她的裤子，却被"要遭天谴的"的声音吓得停了下来。也有人说："她儿子知道了，将来会找你们算账。"

好长时间后，红鼻头屋子那边响起噼噼啪啪的鞭炮声，线婆子死了，随之而来的哭喊声，证实了她的判断。她觉得自己死限到了，不是被打死，就是被枪决。她痛哭流涕，哭诉无脸面对祖宗和爹妈，对不起儿子。她全身疼痛无法行走，还被人弄去祭奠线婆子。线婆子躺在门板上，盖着床单，她躺在旁边冰凉的地上，给她温暖的是烧着纸钱的火焰，很烫，像烧在身上。烧纸和放鞭炮的烟雾呛得她咳嗽不止，他们不停地骂她，伸脚踢她。村支书闻讯赶来，不加分辨就对着躺在地上的表姐鞠躬作揖，还说几天不见，线婆子长高变胖了。真相大白后，他转向旁边盖着床单的线婆子，还反复端详，生怕又弄错了。

村支书说着好听的话安慰死者家属，又要求村民让表姐躺在椅子上，等候派出所来人处理，可是死者家属坚决反对，说让凶手祭奠死者天经地义。村支书将村民组长和族老叫到旁边，训斥他们："不听我安排，后果自负。"

他又说："这样做是犯法，要坐牢的。"

组长和族老惴惴不安，心跳加速。支书趁机说："去说服他们，让那女的躺在椅子上。"

不一会儿派出所民警过来了，他们找有关人员问话，对着死者和表姐咔咔地照相，像闪电一样。表姐被村民抬上警车，民警说："这是唯一没有戴手铐的犯罪嫌疑人。"

民警也调查了伤害表姐的经过，像调查她致人死亡一样问个不停，写个没完。表姐住进医院病房，不过门窗装着铁栏杆，病房里除了医护人员出入，还有民警守护。她出院后不久，司法部门启动对她犯罪的审判程序，她战战兢兢回答公诉和审判人员提问，也心惊胆战等待判决结果。审判长以过失杀人罪判处她十五年徒刑，满以为会判处死刑至少死缓的表姐喜极而泣，连声说："我不上诉，不上诉了。"

22

表叔建房子，胡世引同意让出一米宽的地基，可是得到土地补偿后，他听从胡世将挑唆，在表叔建房的那天公然反悔，站在地基上张牙舞爪地叫嚣地基太便宜了，他不干。表叔表婶苦苦哀求，答应用钱物补偿，胡贵平和村里人也好言相劝，胡世引都不为所动。表叔进屋喝了一勺烧酒，趁着酒劲提着木棍来到胡世引面前。胡世引火冒三丈，赌气斗狠地伸着脑袋，指着脑顶，大声挑衅："有种，就朝这里打。"

听到胡世引骂娘和奶奶，表叔朝着胡世引的脑顶打了两下，愤怒地说："一下是给你骂娘的，另一下是给你骂奶奶的。"

胡世引双手抱头就地打滚，大声哭喊："打死人了……"

这种惨叫由旁人喊出来或许更有效果，他自己不停地喊叫，生怕旁人不知道。然后他躺在地上一动不动，屏住呼吸，闭着眼睛。有人说："他装死，刚才还大喊大叫。"

表叔知道自己用力不大，不至于将胡世引伤成这样，却被他的表演和旁人的喊叫吓傻了。胡贵平要求立即送胡世引去卫生院，还双手相合套在嘴巴上，嗡嗡地喊着。有人说没有抬人的杠子，胡世告就说："找一块门板，用绳子把他捆在上面。"

表叔家的门板被取了下来，成了抬着胡世引的担架。有人去表叔家里取被褥，胡贵平却要用胡世引的东西，说表叔的东西不干净。表叔知道胡贵平想袒护自己，表婶却跟胡贵平较劲，非要弄清她家的被褥哪里不干净。表叔骂她糊涂，好坏不分。胡世告取来一根有许多黄泥的棕绳，拽着一头在石头上抽打，弄得尘土飞扬，还抽断了。他打个结继续捆绑，但不敢用力，生怕棕绳断裂。包括表叔在内的四个壮汉，抬着门板将胡世引送去卫生院。在狭窄的小路上，他们一手抓着门板，一手抓着小树艰难行走。路边的杂草小树成片倒下，像被车子碾过。

表叔认为胡世引装病吓唬自己，他用手试探胡世引的呼吸和脉搏，气息微弱，但脉搏跳动强劲。他放心了，还哼笑一声。胡世引突然放了个屁，他肯定克制了，不然以他的实力，那将是一声绝响。表叔很高兴，胡世引身上的任何声音，对他来说都是喜讯。不料，表叔踩着了松动的石头，身子摇晃，门板失衡，其他三人措手不及，手忙脚乱地抓挠，却劳而无功。巨大的惯性使霉烂的棕绳断成几截，安详躺着的胡世引滚下山坡，像一块石头。胡世引声嘶力竭地喊叫，拼命抓住身边的东西。一棵小树被连根拔起，缓冲了他滚落的速度，为另一棵树阻止他滚落悬崖打好了基础。他身上血流如注，衣服也弄破了。

胡世引沮丧得想哭。胡世告却说："你醒来了，就不要再躺上去。"

这话像在他伤口上撒盐，他按压着伤口咬牙骂道："你知道个屁。"

他坚持去卫生院，还想去城里医院，抬他的人却坐在地上抽烟，四杆烟枪烟雾弥漫，像烧着了柴火堆。除了表叔，其他人都说这是皮外伤，不需要去卫生院，还说乡里乡亲，没必要折腾。胡世告说出一句有水准的话："得饶人处且饶人。"

他又说，"弄几剂草药，也一样。"

胡世引急了，慌乱中嘟囔出真实的想法："不去卫生院，我面子上过不去。"

表叔陪同胡世引去卫生院，不停地给他上烟，表达歉意，希望他念及多年乡里乡亲的情分，治疗时不要过分要求。胡世引说："耽误一天时间，要给我做一天工。"

"好。"表叔爽快答应。

卫生院的医生像专家学者一样，给胡世引进行了全面细致的检查，折腾很久。医生开处方时洋洋洒洒，似乎要写出一副精美的书法作品。除了胡世引的名字和年龄，还有性别和日期，其他字没有人认识。表叔吓出一身冷汗，医生提笔写字，像在他身上戳洞放血。看到他唉声叹气，医生没有写下去，还将处方揉成一团，丢进纸篓子里。

胡世引提出看一下哮喘，医生看了一眼，又在处方上飞快地写着。点水笔掉落一滴黄豆大的墨水，他用粉笔吸干，又快速写着。表叔缓过神来，大声喊叫："这与我无关，我不负责。"

胡世引厚颜无耻地说："你把我的哮喘打出来了。"

胡世引多年前就哮喘了，吃了好多药也没有根治，表叔在他头上打了两下，他装死憋气就哮喘了。他把表叔击打的诱因当作哮喘的成因，要求表叔负责。医生说哮喘是慢性病，非击打所致。他想了想说："那就算了。"

两家人天天见面却不说话，似乎要老死不相往来。有事非要惊扰对方，他们就通过青元老汉协调，青元老汉病了就找青山老汉，也找过胡贵平，可是他骂人，样子很凶。胡世引嫁女摆宴席借用表叔家的地盘，还有桌椅板凳；表叔的水稻放水经过胡世引的稻田……青元或者青山老汉在两家来回穿梭。后来一件事让他们打破了僵局，又一如既往地亲密无间。在那个天蒙蒙亮的早晨，胡世引家的母猪焦躁地跑出猪栏，从淘粪口掉进粪坑里，母猪嚎叫像被人拖上案板。

表叔第一个赶来。他得知胡世引待产的母猪掉进粪池，立即搬来梯子跳进去。母猪咬了他的手，他还紧紧抱着它。他让胡世引扶着梯子，自己抱着母猪攀爬上去。母猪弄了上来，他又返身救助体力不支的胡世引。

胡贵平趁机说服胡世引让出地基，胡世引满口答应，他婆娘也连连点头。表叔建房子，胡世引还没日没夜地帮忙。

青元老汉作古，乡亲们送柩上山回来，发现表叔的房子着火了，不过为时已晚。青元老汉德高望重，全村男女老少都来送他最后一程。耍狮子舞龙的队伍有好几支，送葬的队伍更长。那些旋风雷、飞天雷和麻雷子响彻云霄，飞天雷啾啾地冲天而起，似乎要将湛蓝的天空炸个窟窿，凌空爆炸的纸皮燃烧着，像一团火飘落下来。表叔堆积在房子旁边的稻草最先燃烧，很快蔓延开来。没有人将房子着火与放炮联系，即便有人想到，也不敢说，生怕得罪青元老汉的家人。送葬的人回来，表叔的房子被大火吞噬了。人们喊叫着冲过去，端着水朝着大火泼去，有人拿着树枝，有人拿着扫把，顶着高温抽打火焰……毫无作用。

表叔想在原地搭建简易房子，乡亲们却说这里不宜建房，还编造出令人恐惧的理由。青山老汉也对着残垣断壁掐指嘀咕了好久，还神秘地说："……另选地方吧。"

表叔选定几个建房的地方，都被青山老汉说得一无是处，还将子虚乌有的魂灵强加上去。他只好选定在斜坡上建房，那是青山老汉的荒地，他用一块肥沃的土地置换过来。他知道吃亏，却有口难言。他无力建造木房，简易的土坯房还是在大家帮助下才建立起来。

23

有了栖身的土坯房子，又有人捐赠衣物，生活算是安顿下来，但表婶整日以泪洗面。她两眼通红，火辣辣地疼。她视力模糊，又摔了一跤，鲜血直流，不得不去医院治疗。趁着赶集她去了卫生院，医生说她得了红眼病，一瓶眼药水就解决问题，可是她弄了一堆眼药水也无济于事，还越来越严重。

表叔决定带她去城里医院，但是过了很久才去：他们要安顿好鸡鸭鹅和猪牛羊，还要筹钱。他们将家交给胡世引看管，从天黑交代到深夜，第二天大清早去赶班车，表婶又在交代。那辆每天进城的班车停在镇上，由于等人，司机将喇叭按得像航空警报，人们怨声载道，骂骂咧咧。表叔表婶飞速奔跑，表叔大声喊叫前头的人，请求他们转告司机他们要坐车进城。

城里的医生与众不同，都捂得严严实实，许多人戴着眼镜。看到这势头，表婶感到眼睛有救了。丰医生的话在口罩里响起，瓮声瓮气。表婶坐在油漆脱落的木椅上，丰医生将落地灯似的仪器挪到她身边，表叔有些失望，心想走那么远过来，却跟乡镇卫生院一样。丰医生用手指撑开表婶的眼睑，用手电照射眼睛，指挥表婶转动眼珠子。他重复这个简单的动作，还让拿着本子记录的学徒观看，讲解病因："鼻泪管阻塞了。"

听到管子阻塞表婶哭了，以为像输卵管阻塞一样严重。她向表叔求助："他爹，怎么办?"

表叔哄孩子一样安慰她，一句"有我在，你不要怕"让她很感动。丰医生说这病不难医治，但他的城里口音在口罩遮挡下，让人辨识不清。不过他说不要多少钱，表叔准时捕捉到了。

冲洗鼻泪管时，表婶紧紧抓着表叔的手，还将头靠着他的身子。丰医生要求她端正姿势，将有窟窿眼的白布盖住她的脸，移动白布露出眼睛。他撑开表婶的眼睑，用镊子夹着一坨深酱色的棉花，在眼睛上先里后外地擦拭，弄得像熊猫眼。他将抽满药水的注射器伸向表婶的眼睛，表叔紧张地喊叫，声音不大，却干扰手术。表叔被丰医生叫了出去，学徒还关上门，将踮着脚抬头张望的他拒之门外。他贴着门缝侧耳倾听，刚捕捉到一个声音，还来不及辨识，过路的医生就训斥他："干什么鬼鬼祟祟。"

他搓手跺脚地走动，有人过来，就老老实实站着，挺直身子。走路也研究病情的医生不时看过来，他们没有说话。

治疗时表婶非常紧张，双脚蹬踏，手抓挠着，还抓着丰医生的白褂子。丰医生说："你这样子，我没法治疗。"

丰医生反复要求她放松，谎称是消毒清洗眼角，其实注射器针管已插入鼻泪管。表婶的鼻子流出药水，他就说鼻泪管疏通了。他治疗另一只眼睛时，表婶说："你骗我。"

治疗完毕他们直奔汽车站，即将上车时，表婶突然说想看一下肚子痛。表叔晃动车票，大声道："我的祖宗，刚才怎么不说？"

表婶隔三岔五肚子痛，有时痛得在床上打滚。表叔买了去痛片，疼痛时让她吃下两片。表叔退票后，她却拒绝看病，还哭着说："死了算了。"

表叔头也不回往医院走，表婶只好跟上去。他们又找到丰医生，丰医生要他们重新挂号，去内科看病。表叔嫌麻烦，埋怨表婶："你就是不让我省心。"

内科江医生听了病情介绍，要表婶去做腹部B超。他们将这个名称与骂娘联系起来，表叔紧张不安，表婶羞怯地看着地面。江医生递来单子，说去二楼左拐的最里面，找脸上有痣的周医生做检查。表叔领着表婶找过去，他看到了"B超室"的牌子，怎么看都像"8超室"，还说8字写错了。他反复看着单子，觉得江医生写的是"13超"。他没有看到13超室，逢人便问："13超在哪里？"

他们询问的人正是B超室的周医生，口罩遮丑给人美的假象。周医生的哼叫从口罩里发出来，沉闷得让人害怕，她的轻蔑还体现在眉宇间和言语上。她检查前严正声明："是B超，不是13超。"

她看着单子，又说："不全怪你，他写成了13。"

表叔表婶没有在B、8和13上纠缠，不管上面写着什么，只要能查出表婶肚子疼痛的病因就行。不过他回来就对江医生说："你写成13超，我找了好久才找到。"

江医生看着单子，B字确实成了13，他没有辩解，而是说："你在哪里听说过13超？"

江医生反复看着结果，又拿着单子与另一位老医生嘀咕一阵，然后坐下来埋头写着病历，边写边说："要做结石手术。"

表婶认为手术像清洗鼻泪管一样简单，想立即手术，早些回家去打理家务。表叔带钱不多，连住院押金也交不起，她这次没有手术。医生提醒他们："要早点手术，这病拖不得。"

表叔说："我们去寻钱，有了钱就过来。"

表叔卖掉了猪和羊，也卖掉了到处拉屎的鸡鸭鹅，只剩下两三只鸡留给表婶手术后滋补身子。他还想打黄牛的主意，不过摇头叹息一声走开了。那是实行联产承包责任制时，生产队分给他和胡世盖两家的耕牛。他卖掉黄牛能筹集到医疗费用，可是没有它，几亩水田无法耕种。

筹集到医生所说数目的钱，表叔没有急着带表婶进城，不是事情没有安排好，而是听信了青山老汉的鬼话：近期不宜动身。青山老汉将手指头掐出茧子，将线装的手抄本翻得像块抹布，没有从理论上找到近期出发的依据。胡贵平及时为表叔排忧解难："别信那一套，你们快走。"

他们万事俱备，只等第二天大清早去赶班车。表叔这天接到表姐来信。这是表姐从看守所写来的信，她没有说出事实真相，只说她出事了，一时半会回不来。表叔惶恐不安，远远地躲开看，生怕表婶发现，啼啼哭哭影响治病。出发时表婶唉声叹气，反复念叨卖掉的猪和羊，还有鸡鸭鹅和其他东西。表叔劝着："只要身体好，猪羊和鸡鸭鹅可以再养，东西可以置办新的。"

表婶的叹息和念叨始终存在，但声音小了，间隔时间拉长了。她对表叔说："等病好了，多养几头猪，几只羊，养一屋子的鸡鸭鹅……"

表婶顺利切除了胆囊瘤，几天后出院了。医生说要定期过来治疗，表明病痛不能完全根治。表婶心烦意乱，便无理取闹。她埋怨表叔没有去手术室监督，说身上取走了什么都不知道。她捂着肚子，咿咿呀呀地说："肝没了，腰子也没有了。"

她喘气后又说："肺也没有了……"

她的手伸向胸部和脑袋，没再说话，毕竟伤口在腹部。表婶反复询问病情，表叔不敢说她得了胆囊癌，只能说："你得了胆囊炎，比较严重。"

24

表婶去了城里两次就不再去了：表叔拿不出钱，邻居和亲戚对只借不还的表叔避犹不及。

他们从退休回家开店的万医生那里看到希望，万医生是省城郊区卫生院的医生，还在部队医院当过卫生员。有人说他是省城大医院的专家学者，将他的主治医师说成主任医师，说他撰写了多部医学巨著，学生都是博士硕士，遍及世界各地。也有人深表怀疑，说他有如此高深的造诣和成就，不会刚到年龄就退休，该留下来继续造福人民。表叔表婶坚信他是妙手回春的名医，又觉得他像走村串户的游医。他平易近人，允许病人赊欠医疗费用。

万医生行为怪异，他们却认为他尽显省城名医的风范。他号脉时用食指和中指轻轻按压，无名指和小指高高翘起，像螃蟹弹腿一样跳动。他凝眉沉思，像医治疑难杂症患者，却偏转身子，看着墙角的蜘蛛伏击一只蛾子。他用听诊器在表婶身上反复按压，像做按摩，还用放大镜查看她的舌头，用手电照她的鼻孔、耳朵和眼睛。他看了县医院的诊治结果后，就在裁得跟处方一样的白纸上沙沙地写着，一笔一画像在刻字。

按照万医生的说法，表婶的治疗是个漫长的过程，可以理解为她要吃到撒手人寰。表婶吃了一年多中药，表叔为了省钱，决定自己采药配药。从万医生的处方上，他看见了中药的学名，却不知道在山里的叫法。他问医疗点的医生，医生得知他要自己弄药，嘟囔几句就离开了。表叔将中药摊开在箴盘里，伸着长着厚茧的手指头，像螃蟹行走一样，一点点拨动中药。他只认识几种中药，有一种还弄错了。他请教青山老汉，青山老汉像做法一样穿着法衣，拿着放大镜，像在沙盘上研究作战方案的指挥员，不过手指头在箴盘上划出苍白的声音，像鸡爪挠地。在围观者的帮助下，他们分拣完所有中药，却比处方上多了一种。

他们又趴在箴盘边辨认，也像指挥员在沙盘上推演，不过神情紧张，还争辩起来。他们折腾好久也没有找到问题，青山老汉大胆猜测："一剂药里可能有两种中药。"

他还振振有词："省城的医生就是与众不同。"

乡村医生来给胡世引老娘看病，表叔请他辨识中药，他轻蔑地看了一眼，冷冷地说："有一种药包括叶子和药籽。"

表叔给了他一把旱烟叶，还有鸡蛋，请他说出处方上的中药在山里的叫法，他犹豫了一下，还是说了。表叔本来要夸赞青山老汉，听到结果大相径庭，就骂他骗子。

表叔要上山采药，青山老汉掐着手指找了过来，还对着手指吹气，似乎掐痛了。他接过表叔的旱烟丝，又麻利地掐着手指头，像苍蝇搓脚。他摇头晃脑，嘀嘀咕咕。他折腾太久，表叔打起了瞌睡。他突然说："这日子好。"

按照青山老汉的指点，表叔沐浴更衣，焚香叩拜。他跳进小河的水坑里，第一次有模有样地用香皂擦身，然后穿上干净的衣服，在写着"天地君亲师"的神龛前焚香烧纸，长跪不起。面对壁立千仞的高山，他点燃三根香插在石缝里，又点着纸钱，鞠躬作揖，嘴里念念有词。他怀着山神恩赐和祖宗护佑的念头，在遍布荆棘的山上穿梭。他采集了多种草药，还摘了一篮子野果。

荆棘丛里出现蘑菇，他像看到钱一样眼前一亮。猛兽獠牙般的尖刺没能阻止他进入，衣服呲啦一声划出口子，他才停下来，骂骂咧咧："等一会将你碎尸万段。"

他无法进入就举刀砍下去，荆棘、藤条和小树纷纷倒下。一条颜色与树叶融为一体的蛇，受惊后企图逃跑，小树猛烈摇晃让它迷失方向。它坠落下来时表叔当作一截树枝，他本能地用手阻挡，这个像绳子一样的东西甩头咬了他的手，流出了血。他以为树枝上的结疤刺伤了手，可是他看见"树枝"坠地后逃走了。他努力想着它是无毒蛇，却像遭遇毒蛇一样惶恐不安。他赶忙挤压伤口，挤得肉皮出现水泡。

表叔没有吝惜身上的血，觉得血流得越多越安全，他走在路上还在挤压伤口，用嘴吮吸。回家后他忙着晾晒中草药，又给胡世引送去野果和蘑菇，还帮着表婶干家务……将蛇咬的事情抛在脑后。表婶煮了一锅新鲜蘑菇，他吃得津津有味，还喝了点酒。他给表婶煎好中药，侍候她喝下去，才去胡贵平家里推牌九。他破天荒连抓几个"四天九"，将堆得很高的押庄钱收入囊中。他头昏脑胀还不想走，要让那些喊着与他比试的人输得心服口服。他趴在桌子上大口喘气，才被人替换下来还遭到数落："赢了钱就想溜。"

还有人说："他向来就输不起。"

表叔大汗淋漓，呼吸困难，恶心呕吐，心跳加快……他们才放过他。他赶忙回家，躺在大板凳上扭成一团，他不停地喝水，还口渴难耐。表婶哭喊着："你不要吓唬我。"

表婶大喊大叫，村里男女老少都来了，地坪里站不下，延伸到小路上。他们七嘴八舌地议论，一点不顾及表婶的感受。大家各抒己见，最后都认同表叔蘑菇中毒的说法。胡贵平立即组织人员施救，青山老汉却说表叔家里出现邪灵，还叽里呱啦地念叨，张牙舞爪地比画。有人模仿他做出动作，像是挖苦讽刺，又像跟着他学习。

胡贵平没有经验，就从胡世将婆娘粉阿嫂蘑菇中毒中寻找影子。表叔没有像粉阿嫂那样腹泻腹痛，他也按照青元老汉的抢救方案执行。他挽起袖子，往手心里啐着口水，要大显身手。胡世告要往灌肠水里弄上肥皂增加润滑，他赶忙制止："青元老汉没有用肥皂。"

胡贵平无法往表叔嘴里灌入盐水，就使唤胡世告去胡世将家里拿漏斗。又看到表叔情况严峻，他喊回胡世告，让细伢子去拿。他要胡世告去取竹杠子和木椅，准备送表叔去卫生院。

四个壮汉轮番抬着表叔往卫生院跑，喊叫声隔老远就传到卫生院。他们到来时，大厅里站着医生护士，有的拿着听诊器，有的端着盆提着桶……他们刚到门口，院长就说："动作要快，准备洗肠。"

医生全力抢救，试图唤醒这个昏迷不醒的人，直到院长摇头叹气，他们才停下来。

表叔被毒蛇咬死了，却被卫生院医生权威地认定为误食蘑菇中毒而亡。

25

表婶也吃了蘑菇，却没有中毒，人们议论纷纷，觉得表叔死因蹊跷。民警很快介入调查，证明大家揣测并非无中生有。两个穿白色制服的民警出现在村口，躺在椅子上的胡世引以为斜坡的梓树上来了两只白鹭，大声喊叫喜欢打鸟的胡世告把它们弄回来。

胡世告提着鸟铳追了过去，他没有看到梓树上的白鹭，就边走边问。胡世引提醒他，不要大喊大叫。胡世引起身走向茅厕，发现两个白影脱离了梓树，大惊失色。这分明不是白鹭，是远处路上的人。胡世告气急败坏，大骂胡世引："老不正经的。"

在崎岖不平的小路上，两位别着手枪挂着铐子的民警威风凛凛，走着整齐的步子。他们来到胡贵平家里，在井边用木槌啪啪捶打衣服的女人停了下来，以为胡贵平或者家里人作奸犯科。有人爬到坡上极目远眺，摇晃身子，模仿电影里迎着朝阳奋勇前进的样子，但没有喊出气势如虹的口号，而是一声长叹："胡贵平的好日子到头了。"

胡贵平家里围着许多人，都伸着脖子，仿佛突然长高了。表婶没有过去，自从表叔去世，她一直形单影只，沉默寡言。她朝着那里看了看，就埋头干着永远忙不完的活。听说民警调查表叔的死因，他们立即想到他并非误食蘑菇，是人为谋杀。他们惊恐地尖叫，仿佛罪犯就在身边，会伤害自己。胡贵平停下来维持秩序："别吵了，公安同志办案呢。"

胡贵平说着当时救人的情形，这个喜欢吹嘘的家伙，在简单的过程中添加了许多看法和评论。中年民警吴同志饶有兴致，与案情无关的事也问了不少，像研究民俗的学者。年轻民警小庄在塑料皮本子上沙沙地记录，偶尔抬头是防范飞蹿过来的苍蝇。他抬手驱赶，也噘着嘴巴呼呼吹气。他们是否说得口干舌燥，写得手腕酸痛无人关注，但是围观的人，站得腿脚发麻。

胡贵平带着民警去找表婶，还强调自己没有违法乱纪："公安同志是调查胡记清的死因。"

他还对木讷的细伢子说："现在就去找晚奶奶。"

晚奶奶是乔晚妹，是孩子对表婶的称呼。表婶在菜地里干活，几个细伢子跑了过来，争先恐后地告诉她警察叔叔来找她了，她却像对待旁边的石头一样冷漠。

地坪里站着很多人，但不及在胡贵平家里时多。民警的白色制服非常醒目，她像看到寒光一样打着冷战。有人跑过来告诉她民警来了，也告诉民警,这个身材瘦小的人是胡记清的婆娘。表婶蹒跚着步子,惊慌地拍着手,又拍打衣服。她没有理睬胡贵平的介绍和民警的招呼,径直走进灶房里舀水洗手,用毛巾擦拭,才默默走进屋子,搬出两条长凳。

"请坐。"她的话很轻,很亲切。可是年轻民警小庄的话很重,很生硬:"你是乔晚妹?"

她低着头,用袖子擦拭长凳,吴同志坐了下来,差点压着她的手。吴同志架起二郎腿,将双手放在膝盖上,张口便说:"不要害怕,我们来了解胡记清的死因。"

她站在那里瑟瑟发抖,没有人给她搬个凳子,也没有人安慰。她用摇头和点头回答提问,吴同志看一眼就认可了,只是要求她动作大一些。胡贵平要求她用声音回答,还看着其他人,却没有人附和。表婶用颤巍巍的声音回答,像播放一张破损的老唱片,需要认真听才能辨识。民警眉头紧锁,问话和记录都慢了下来,小庄还伸手驱赶飞虫,又转着钢笔玩耍。表婶说了几句就伤心痛哭,涕泪交流。取证无法进行,民警就停下来抽烟。吴同志扔给胡贵平一支香烟后说:"找人劝劝她。"

大家劝了一阵,表婶用手掌揩拭眼泪,答应不再啼哭,好好回答问题。吴同志要求她摇头和点头回答问题。

民警很快有了结论,表叔死亡不是蘑菇中毒,另有原因。他们在旁边嘀咕,又将胡贵平叫去交代几句,然后疾步离开了。村民也跟着离开,成群结队，像欢送适龄青年应征入伍。他们想探听消息，民警却岔开话题，说着其他事情。

表叔的死因没有定论，表婶有重大嫌疑。民警要求胡贵平注意表婶的动向，防止她出现事端，胡贵平感到为难，却应承下来。白天他在离表婶不远的地方干活，晚上躲在土坯房子旁边的竹林里。他守了一夜就不去了，竹林里蚊蝇多，还有马蜂和蛇。深夜里他被枯枝败叶上的嗖嗖声吓得要死，听到喵喵和吱吱的声音，才知道猫和老鼠在上演生死游戏。莲花婶子要给表婶做伴，表婶谢绝了，胡贵平就在深夜里往土坯房子后面扔石头，又捂着嘴巴呜里哇啦喊叫，表婶就哭求莲花婶子住过来。

几天后吴同志领着一支队伍来到村里，闪着灯哇呜哇呜叫唤的车子停在村外，土马路只到那里。穿着制服和白大褂的人走进村子，村里人立即围拢过来，外村人也有来了，都喊叫着，仿佛这里的天被捅破了。队伍直奔胡贵平家里，屋子里站不下多少人，有的站在屋檐下，隔着门窗听着民警跟胡贵平说话。乡亲们站在地坪里，男女老少越聚越多，却没有人说话，静悄悄的。

听说要对胡记清开棺验尸，胡贵平惶恐不安，半晌说不出话，像被一口浓痰堵在喉咙里。吴同志组织人员开会，胡贵平觉得责任重大，就使人找来青山老汉壮胆。青山老汉患了重感冒，咳嗽得像肺痨病人，吴同志眉头紧锁，阻止他参会。胡贵平就说："他是族老，有威信。"

吴同志让青山老汉坐在角落里，还要他克制咳嗽，不要影响开会。青山老汉紧绷着脸，抓住机会就说："开棺对死者大不敬，会触动山上的邪灵，村里将不得安宁……"

吴同志制止他说话，要他离开并无情地驳斥："这是歪门邪道，必须严厉打击。我们侦查刑事案件，公民有协助调查的义务，任何人不得阻挠，不然以妨碍公务论处……"

青山老汉用咳嗽回应吴同志，还将旱烟杆插进嘴里，咬出响亮的噗噗声。他冷眼旁观，哼哼直叫，吴同志没再训斥，却表情难看。

表婶反对他们刨开表叔的坟墓，哭着乞求，被胡贵平拉开了。吴同志和乡亲轮番交替地劝导，她依旧号啕大哭，痛不欲生。她突然同意了，是有人提醒她："胡记清死得不明不白，你嫌疑最大。"

随后她说："使人叫毛伢子回来。"

表婶在摆放表叔牌位的神龛前长跪不起，不停地烧纸钱，请求表叔饶恕，直到毛伢子从学校里回来。从民警指挥汉子挖开坟墓，弄出尸首摆放在用晒垫搭起的棚子里，直到法医尸检完毕，将尸首放进棺木，封土掩埋……毛伢子披麻戴孝，始终跪在那里。表叔的尸体弄上来时，他站起来想凑上去，却被胡贵平用力按住。现场臭气熏天，狗子都远远躲开。民警和法医一身奇怪的装束，捂得严严实实。有人洒着白酒，还有石灰，又烧着蒿草，努力压住臭味，可是效果不佳。围观的人兴致勃勃赶来，却捂着鼻子哇哇呕吐，随后沮丧地离开。远远看着的人很多，周围村子的人也都过来了，人山人海。尸检很快结束了，似乎是草草收场，人们立即围拢过来，希望探听到一点消息。

在等待尸检结果的日子里，表婶度日如年。她去找胡贵平，请求他去派出所探听结果。胡贵平蹲在那里霍霍地磨刀，屁股绷得像打多了气的篮球。他正要回答，呲啦一声，他希望是放屁，却显然不是。他双手捂着屁股往屋子里跑去。他对裤子破裂的埋怨，被表婶误认为她不该过来。表婶哭丧着脸走了，唉声叹气："人倒霉了，别人就烦你了，躲你了……"

她锁上门准备外出干活，胡贵平跑了过来，嘴里嘟囔着："你别误会，我的裤子坏了，去屋里换裤子。"

他确实换了一条裤子。她停下来听他说："记清被毒蛇咬了，尸检时他的手臂是黑的……"

26

毛伢子懂事了，仿佛突然长大了。他不再欺侮同学，女同学可以放心大胆地将手伸进抽屉和书包，里面不再有虫子和四脚蛇。他老老实实坐在教室里，下课就趴在桌子上，像睡眠不足。只有大小便告急，他才双手按着下身，佝偻着身子迈着罗圈腿，匆匆走出教室。那个被他叫作"龟田孙"的老师，看到他猥琐的样子，追着说："你的，什么的干活？"

他弯下一些身子，放下一只胳膊甩起来，踏着小碎步，活脱脱一个卖命的狗汉奸。他没有回答，同学就幸灾乐祸地嘲笑："他内急的干活。"

为了减轻表婶的负担，他决定辍学回家挑起家庭重担。告别学校前，他向作弄过的同学道歉。一些同学不见踪影，他就带去口信，知道家庭地址的，他写了信。有人趁机将自己所做的事嫁祸给他，对方一针见血地回击："谁做的事，我很清楚。"

还有人说："他没有那么坏。"

他认为涂改通知上的成绩，表婶见他学习差，会让他辍学，不过涂改不是轻易就能成功的。用削笔刀剐蹭是他不二的选择，可是生锈的削笔刀被他扔掉了。

他用菜刀剐蹭通知书，弄破了纸，紧张得心脏提到嗓子眼。他反复深呼吸，心情稳定后又剐蹭起来。他将85改成35，将76改为16，又觉得16太少，改为46。墨水颜色反差大，涂改痕迹明显，他就刮掉所有分数，用笔填上。通知书面目全非。

他抓住表婶洗衣服的时机递上通知书。表婶从木盆里拿出右手，甩掉泡沫，又在衣服上擦拭几下，却没有伸向通知书，而是将挡住视线的头发捋起来挂在耳朵上。她又认真搓洗衣服，轻声说："期终考试的通知书？你念给我听。"

毛伢子深深舒了一口气，吹得通知书呼呼啦啦，像一阵风吹来。他折腾好几下才声音连贯，还说着广播里的普通话。念到很低的分数时，他故意压低声音，假装羞怯地转动身子。表婶从木盆里拿出手，坐直身子，她没有甩手，任凭泡沫一团团掉落。她木讷地看着木盆里破裂的泡沫，又弯下身子，将双手插进木盆里，但没有搓洗衣服。她长叹一声："你退步了。"

她将责任承揽下来："家里的事让你不能安心学习。"

毛伢子念着老师的评语，表婶听着，双手不停搓洗衣服，动作很大，声音很响，还搅出肥皂水。她哽咽着："多读些书，有了本事，将来能讨个好生活。"

表婶卖掉一只羊，给毛伢子凑齐学费，还做了一套新衣服。羊卖给戴鸭舌帽的老工人，老工人见她孤家寡人，又急需要钱，就拼命压低价格，还故意算错账。表婶要回了钱，却耽误了工夫，还遭到一番数落。毛伢子继续上学，与被他称作"水鸭子"的张颂扬老师有关。张颂扬组织学生唱歌，打拍子时摆动双手，像水鸭子惊慌逃窜，同学便叫他"水鸭子"。他是烂蓑衣拐了几个弯的亲戚，在烂蓑衣家里酒足饭饱后，站在地坪边对着高低错落的群山指指点点，由衷感叹。听说老师过来，表婶放下活计立即赶来。她送上笑容，响亮地喊他颂扬老师。张颂扬知道表婶，却故意问她是哪一位的夫人。这句文绉绉的话，换来烂蓑衣的爹胡世盖俗不可耐的回答："她是胡记清的婆子。"

他又说，"那个被开棺验尸的胡记清。"

表婶已经麻木了，胡世盖粗鄙的形象，让她只觉感官上多一个影子，如同蚊子从眼前嗡嗡地飞过。她和拴在柴火垛上的羊站在一起，羊翕动鼻翼，嚼着草叶，累了就趴在地上，她默默地站着，连靠一下柴火都不敢。她看着装腔作势的张颂扬和低声下气的胡世盖，直到他们玩腻了坐在竹椅上抽烟，她才战战兢兢地问："老师，我家盼龙在学校里怎么样？"

张颂扬取下嘴上的纸烟，挥舞手掌，掌掴似的驱散白烟。他像走上讲台一样走向表婶，然后凝眉沉思，伸手在太阳穴上画圈，嘴里咻咻的，然后咧着嘴说："他进步很快，表现不错。"

表婶认为他说谎，但又喜欢他这样，她很有面子。她本来想说："他都没及格，不错什么呀"，却咬着嘴唇说，"你等一下，我去去就回。"

表婶端着花生和鸡蛋跑了过来，张颂扬喜笑颜开，夸夸其谈，努力表明得到礼物理所当然："我教盼龙的数学，他考试得了85分，是班上第五名。"

他沉思一下，又说："哦！是第三名。"

表婶的感谢很真诚，张颂扬更在乎实质的东西。表婶不相信张颂扬的话。她相信儿子所说，没有人会贬低自己，却又希望他说假话。她去问儿子，或者查看通知书，问题就迎刃而解，可是她脑子糊涂，还疼痛起来。黄昏时毛伢子挑着柴火赶着牛羊回来，她准备询问，毛伢子又去挑水了，随后莲花婶子过来串门，她一直没有机会。莲花婶子刚走，她就朝着毛伢子喊叫："你如实告诉我，你到底是什么成绩？"

表婶急促的气息吹灭了煤油灯，黑暗吞噬了慌张的毛伢子，也掩盖了她的愤怒。毛伢子在柜子里摸到火柴，却没有点亮煤油灯，在被黑暗裹挟与面对表婶的愤怒上，他作出认为正确的选择。表婶厉声催促，他慌忙擦着火柴。火苗被他的吸气吸了过去，又被呼出的气吹向一边，随即熄灭，黑暗又包围了他们。

"我不上学了，在家里帮你。"他鼓起勇气说。

他的手猛地抖动，火柴棍戳到手上。他将火柴头压在摩擦面上，用力一拉，呲啦一声。黑暗瞬间烧掉了，留下两个如同灰烬的黑影。表婶向来节省，即使做家务缝补衣服，也将灯光调得很暗，经常被莲花婶子戏称不如一只萤火虫。此时她将灯光调得冒着黑烟，玻璃灯罩烧得辟啪直响。她咬着嘴唇说："颂扬老师说你数学考了85分，咋回事？"

毛伢子嘟囔了一阵，才如实相告。表婶识字不多，却认真地看着通知书，像饱学之士。她轻声说："怎么说也得把初中念完，你年龄大一点，外出做事我也放心。"

开学那天，毛伢子天未亮就上山了。他的被窝冰冷，显然离开很久了。表婶慌了，哭着询问在路上放牛的胡世盖："看到我家毛伢子没有？"

胡世盖跟烂蓑衣刚吵过架，他赏赐烂蓑衣无数句骂娘的话，烂蓑衣奉还他更多难听的话。这个不肖子孙还站在坡上，双手相合套在嘴上，让声音传得更远。胡世盖怒火难消，用力鞭打黄牛，生气地回答表婶："我怎么知道，我又没有看着他。"

表婶的愤怒通过嘴巴发泄到空中，脚又踢赏赐给小草小树。胡世盖仓皇逃窜，牛也不管了。表婶心急如焚，挨家挨户地问："毛伢子在你们家睡觉吗？"

　　她返回家看到羊栏门打开了，里面没有羊，脑袋嗡的一声，险些站立不稳。她不敢想象羊被偷了，努力想着它昨夜没有回栏。她呜咽着跑向昨天拴羊的地方，嘴里不停地请求菩萨和祖宗保佑："可怜我这个孤寡老婆子。"

　　她看到了羊，不过羊拴在另一棵树上。她没有激动，反而心存疑虑：羊明明牵了回去，现在却在山上。难道自己记错了，或者有人偷了羊拴在这里？旁边柴火上的砍柴刀，让她眼前一亮。她正要喊叫，毛伢子从树林里走了出来。毛伢子说树林里有很多蘑菇，像晾晒在那里。她和毛伢子动作麻利地采集蘑菇，也不停地责备。天色已近晌午，面对大堆蘑菇要弄回去，表婶没再要求毛伢子去上学。

　　这一夜表婶一眼未合，生怕毛伢子又往山上跑去，可是天亮后又是人去楼空，不过被窝里余温犹在。她衣衫不整就跑向羊栏，像吃坏了肚子。她回头看到毛伢子，他身子单薄，扛着两床卷得比柱子还粗的晒垫。她跑过去帮忙，埋怨着："扛不了两床，就不要霸蛮。"

　　她取下一床晒垫，晒垫不重，她却龇牙咧嘴，仿佛搬着一根木头。毛伢子说："先占好地方，晚了就被别人占了。"

　　晒好了蘑菇，表婶就送毛伢子去学校。她看到石伢子和烂蓑衣，就喊住他们："帮我看着毛伢子，将他弄去上学。"

　　他们得到瓜子花生的犒赏，满口答应。他们咔咔地嗑着瓜子，噗噗地吐着瓜子皮，"押"着毛伢子往学校走去。

被毛伢子叫作"毒蝎子"的初三班班主任汤志，正向学生灌输他的管理模式和教学理念，看到毛伢子走来，立即停止喊叫。他走到毛伢子旁边，握着卷成柱状的教科书敲打手心，嗡嗡的又啪啪的，像击打一面破鼓。他又用黑板刷猛击讲桌，粉尘纷纷扬扬，像抖动一只面粉袋。毛伢子坐了一会儿，就收拾书本回家了。

第二天表婶陪着毛伢子去学校，一路上想着如何向汤志道歉。快到学校时，她哽咽起来。毛伢子说："我们回去吧。"

她看了毛伢子一眼，快步往学校走去。

毛伢子死活不去汤志的班上，拿着书躺在树荫里的汤志愤怒地站了起来，甩掉了书本，打翻了水杯。学校还有一个初三班，班主任喻少峰也不接纳淘气的毛伢子。表婶请张颂扬帮忙，根据毛伢子的学习情况，张颂扬建议他去文华斌的初二班。文华斌曾经是张颂扬的学生，不会拒绝。

27

毛伢子初中毕业顺利考上县重点高中，是松竹村第一个去城里读书的人。费用成倍增加，表婶没有向人求援。青山老汉和胡贵平多次说解囊相助，却没有实际行动。她省吃俭用，将能变钱的东西悉数送去集市上卖掉，为毛伢子筹措费用。她卖蔬菜、水果、瓜子和花生，还有腌菜、茶叶……镇上的单位和学校向她订购，价钱合理。她也去很远的煤矿售卖土特产品，工人师傅出得起价钱。她通常凌晨两点钟出发，有时更早，在人们买菜时赶到那里。

进城给毛伢子送粮，表婶感到为难。搭乘开往城里的班车，怎么也要两天。她觉得坐车浪费钱，也担心时间长家禽家畜无人照顾。她思来想去，决定夜里进城，然后立即返回。她去过离城十多里的表姨家，还不止一次。表姨父说他那里是郊区菜农队，山那边就是城里。其实过了山还要绕过另一座山，沿着水流湍急的河走很远，才能看到城里的房子。她原来害怕路边的坟地，黑夜里去煤矿后胆子大了些。她毅然走去是路那头有儿子，想起儿子她便浑身是胆。她备好光源，将表叔的铜头烟杆带在身上，她相信鬼怕铜的说法。她还想借用青山老汉斩鬼的桃木剑，按照青山老汉的说法，桃木剑能斩除所有孤魂野鬼。可是他不借，说女人不能触碰法器，尤其是寡妇。她请飞伢子婆娘伺候家禽家畜，就背着粮食，装好钱，在落日的余晖里踏上进城的路。

天未黑她就舞动铜头烟杆，像青山老汉舞动桃木剑那样，划出很长的弧线。挥舞烟杆影响走路，她几次险些踏空。遇到复杂路面，她也舞动烟杆，但动作不大，像拿着棍子写字。暮归的人以为媒婆出山，可是他们纳闷：媒婆都在晴朗的晌午出门，戴着帽围，扭着老棉裤似的粗腰小碎步行走，而她背着袋子行色匆匆，像小偷。有人喊道："是谁？"

还有人说："是人还是鬼？"

夜深人静，她来到一个有很多坟茔的地方，秋末冬初的黑夜里少了虫鸟的啾鸣，大山庄严肃穆，她感到呼吸不畅。手电光照着新坟上的纸幡，窸窸窣窣，仿佛扫过的不是光柱，是木棒。她努力想着铜头烟杆具有桃木剑的法力，野鬼纷纷被斩落，却无法驱除恐慌。她慌不择路，在石子扎着脚后停了下来，发现跑丢了一只鞋子。她扯着茅草擦拭血污，蘸着口水擦洗伤口。她大口呼吸，奋力挥舞铜头烟杆，慢慢地往回走。鞋子离新坟不远，恐惧洪水般泛滥，她想起不能光脚去见儿子，便鼓足勇气走了过去。

经过幽深峡谷里的村子，狗吠声从四周响起，让这个怕鬼的女人，徒增一种恐惧。她找不到防身的木棍和石头，就将手电光柱当作武器，还蹲下来假装捡拾石头。

有人喊叫，声音不是制止狗子吠叫，而是生气地问她："谁？"

她赶忙回答："过路的。"

"还让不让人睡觉。"

这跟谁说理去。表婶泪眼汪汪，没有回应，也不敢。一个汉子推门出来，用手电光照着她的脸，看了一眼就呵斥狂吠的狗子。表婶走到废弃的棚子边，取下一根木棍，赋予它防身的功能，也将它当作拐杖。

天未亮她来到表姨父家门前，狗子温驯，哼哼叫着，还远离了她。她从角落里取下蓑衣铺在地上，躺在上面睡觉。她睡着了，均匀的鼾声像风吹着窗户纸。大清早跑茅厕的表姨父以为起风了，不由得抖了一下。他踢着表婶才发现地上躺着人，以为嗜酒如命的儿子又出乖露丑，破口大骂，还想去寻找家伙，让他长长记性。表婶慌忙应答："我是乔晚妹，松竹村的。"

表姨父打着火凑到表婶面前，她仰着头，后退一步，才没有烧着头发。看清楚后他说："什么时候到的？怎么睡在这里？"

表姨父要她进屋说话。他还要做饭，却不见行动。她也不想吃饭，只要他送她进城，或者去前面指路。表姨父感到为难，表姨躺在床上说：

“去城里有十多里路，要过两座山，沿河边走很远……”

表姨父让孙女雪花给表婶带路，雪花送到城边就不走了，说要回去放羊。表婶连声感谢，还说：“找地方吃个早餐。”

雪花走了回来，说东头潘驼子的碱面好吃。飘着辣椒油的加肉面让雪花额头上挂着汗珠，像淋了一场雨，她吃得呼呼啦啦，连面汤都喝光了。她噘着嘴咻咻地向表婶辞行，表婶也咻咻地回应，像两只鸟啾鸣。

表婶咻咻地问路，路人以为她嘴里含着东西，惊愕地看着她然后告诉她：“过了桥，拐弯就到了。”

水塘里的水腥臭难闻，表婶也不得不喝。她要除去嘴里的辣味，让声音清脆响亮，不要让同学认为她口齿不清。可是她哇哇呕吐，碱面连同汤汁吐了出来。她伸手擦着嘴巴，看了一眼在肚子里逗留一会儿，最终成为垃圾的面条，遗憾地往学校里走去。

校园里空空荡荡，偌大的操场里没有一个人，表婶感叹这块闲置的土地能种不少庄稼，打很多粮食。教室里响起老师上课的声音。她坐在梧桐树下的水泥台上，屈起双脚，将手臂搭在膝盖上。她看了一会将脑袋靠在手臂上，一夜未睡，她很快睡着了。一位年轻老师摇醒了她，旁边站着许多人，叽叽喳喳，将满脸憔悴的表婶当作不宜进入校园的流浪人员。她赶忙说：“请问毛伢子……胡盼龙在哪个班？”

毛伢子改名为胡健雄，他告诉过表婶，表婶没记住。没有人知道毛伢子和胡盼龙，都说她找错了。电铃响起围观的人一窝蜂地散去，她挨个教室寻找，在门口喊着胡盼龙。胡健雄认了出来，赶忙向老师请假："她找我。"

任课老师随口问道："是你什么人？"

表婶汗迹斑斑，满脸倦容，像个乞丐，毛伢子张开了喊叫"妈妈"的嘴型，却没有勇气喊出来。表婶大声说他是她的崽："我给他送粮来了。"

毛伢子满脸通红，不待老师同意，慌忙跑了出来。他给表婶拍打灰土，打水给她洗脸。他骂自己禽兽不如，不敢响亮地喊出妈妈来。得知她走了一夜，吓得魂飞魄散，他哭着说："……以后你不要来送粮，我回去取。"

28

　　表姐独自在外闯荡，结果身陷囹圄。表叔死时她没有回去，得知死讯是好多年之后。表婶带着毛伢子艰难生活，给表姐写信尽说好话。表姐积极改造，多次获得减刑，被提前释放。她出狱时，毛伢子上了大学，他来接她，却没有送她回家，因为考试临近，必须马上返校。

　　表姐考虑再三，决定去红鼻头家里寻找儿子。她惴惴不安，手里的车票似乎是监狱的号牌。她对外界事物感到陌生，面对兜售假首饰的老女人没有甄别能力，以为便宜的首饰是货真价实的奢侈品，她买了很多，以为占了便宜沾沾自喜。她要珠光宝气地去见儿子，让乡亲刮目相看。她在老女人那里耗费了很多时间，在洗手间的镜子前忸怩作态，不厌其烦地向人吹嘘假首饰浪费更多时间。火车启动了，她才想起去坐车。她冲进站台，安全员连追赶火车的机会都不给她，还骂骂咧咧，扯坏她的衣服。

　　她觉得兆头不好，一番琢磨后就回家了。她来到原来居住的地方，老房子不见了，那里长着比人还高的茅草。草丛里窸窸窣窣，老鼠东奔西窜。其实她在河边遇到了表婶，表婶蹲在那里洗衣服。这个女儿坐牢又死了丈夫的可怜人沉默寡言，见到生人就低头躲闪。她用木槌捶打衣服，啪啪的震得山响。表姐过来喝水，看了一眼，表婶转了过去，继续高举木槌，用力捶打衣服。

表姐坐在地坪边的石头上，旁边长着茅草，枯黄了。村里变化不大，她却感到陌生。她想着河边洗衣服的女人，琢磨她是谁家的婶子，怎么那样怕人？几条狗子例行公事地吠叫，这是她回到村里引起的反应。村里人很忙碌，做着永远做不完的农活。小孩子好奇地跑过来，她不认识他们，却像熟人一样问道："这里的人搬去哪里了？"

他们瞪着水汪汪的眼睛，看一眼就跑开了。她喊住他们："给你们钱买糖吃，告诉我乔晚妹住在哪里？"

一个小妹子朝着河边洗衣服的女人喊叫："晚奶奶，有人找你。"

表婶的脑海里只有木槌的啪啪声和回音。小妹子大声喊叫没有效果，就领着表姐过去。孩子们争先恐后，表姐顿觉心情舒畅。

表姐一声悲怆的"妈——"，表婶惊慌得差点掉进水里。她手忙脚乱地抓住石头，才化险为夷，不过木槌甩了出去，在水面上飘荡。表姐伸手抓不到木槌，就脱掉鞋子下水，表婶连忙阻止，尖叫声像光脚踩着了碎石。表姐从菜地里拔来插豆子的木杆子，慢慢将木槌够回来。她们相视而笑，笑得像打了蜡一样生硬。表姐扶着表婶坐在石头上，清洗衣服。她从小在这里浆洗，表婶却说："你洗不好。"

随后她们默不作声，像陌生人。面对至亲的人，她们张开嘴巴，却不知道说什么。回家后她们过了好久才说话，说得最多的是表姐的儿子。她们伤心痛哭，相互安慰，还用毛巾替对方擦拭眼泪。表婶反复说："你弟回来，让他陪你去找。"

第二天表姐上坟祭奠表叔，在坟前跪拜烧纸时，将她和表婶这些年遭受的苦难，对着埋葬表叔的土堆哭诉出来。她还诉说了表叔生前诸多不是，像检举揭发。随后几天里，她帮助表婶操持家务，清除房子周围的垃圾和伸到屋檐下的茅草，还修补被雨水冲刷出沟壑的小路……

表姐渐渐发现，村里人对她很冷漠。有人用她吓唬调皮的伢子："不听话，就叫胡凡娥来教训你。""别哭了，胡凡娥听到就过来了。""不要跟她说话，不要去她家里玩。"这些话很快传到她耳朵里，她伤心痛哭，却是躲在屋子里。有一次胡世将孙子豁牙嘴的羊吃了表婶的蔬菜，表姐说了几句，豁牙嘴骂她杀人犯。表婶非常气愤，要去跟他理论，被表姐拉了回来。她大声辩解："我是失手打死人，不是故意杀人。"

胡贵平挨家挨户做工作，村民不再诋毁表姐。胡贵平对他们动之以情，晓之以理，有时也爆粗口："他娘的闭嘴，不要把她逼急了。"

表姐知恩图报，买了两瓶酒和一包饼干，趁黑夜给胡贵平送去。胡贵平嘴里推辞，却双手接过礼物。莲花婶子也客套着，但更多是说胡贵平太正直，得罪不少人。表姐以为她嫌弃礼轻，赶忙说："等我挣了钱，再给贵平叔买件衣服。"

他们又客气地推辞，但声音小，语气轻，且很快岔开话题："你老大不小了，该有个归宿，我们会帮你寻个好男人。"

表姐没有外出打工，想多陪伴表婶，也想等着毛伢子回来，一家人团聚。可是不久后发生的事情让她大动肝火，迅速离开了。

在那个月光皎洁的夜晚，表婶被噩梦吓醒了。她气喘吁吁地喊着鼾声如雷的表姐："凡妹子，我看到你爹了。"

表姐被摇醒后，赶忙拉着电灯，慌乱中弄断了拉绳。表婶却认为是表叔的冤魂作祟，大骂不止，又恳求他放过她们，还答应马上给他烧纸。

烂蓑衣在茅厕后面偷桃子，见她们走来，趴在树上一动不动。他以为她们夜起小解，折腾一下就回去了，不承想她们在地坪边烧纸钱，火势很大，将地坪照得通亮。她们不停地说话，还哭了起来。烂蓑衣抽动卡在树丫里的脚，摇得桃子啪啪地掉落。她们立即看过来，表姐还用木棍插着纸钱走过来，纸钱很快烧完了，她又走了回去。他屏住呼吸，生怕她们发现，可是一个尖细的屁骤然响起，她们又惊恐地看过来。为了缓解紧张气氛，表婶说："是树下啃噬烂桃的老鼠，把猫引过去了。"

烂蓑衣突然咳嗽起来，表婶以为是表叔的鬼魂，失声尖叫。当表姐惊呼："桃树那里有人。"表婶才觉得自己太紧张了。表姐举着锄头，做出打架的姿势，然后盯着那里，大声喊叫："谁？"

她往前走了两步，又退了回来。烂蓑衣从树上跳下来，蹬得桃子噼里啪啦掉落。表婶感到很惋惜，表姐就说："快抓窃贼，几个桃子算什么。"

"我要卖掉桃子给你弟攒学费。"

烂蓑衣扭伤了脚也亡命逃窜，疼痛难忍才停下来，躲进黑暗里。她们捡到他的篮子，没有追赶。看到篮子上胡世盖三个字，表姐立即想到烂蓑衣。烂蓑衣所作所为，在村里妇孺皆知。

她们冲到胡世盖家里，表姐举着拳头，喊叫着砸他家的门。胡世盖战战兢兢地应答："来了，来了。"

"烂蓑衣呢？"

"在……在屋里睡觉。"

"叫他出来。"

胡世盖明知叫不出来，却认真去叫了。他问："什么事？"

"问个事。"表婶抢着说，还将表姐要说的"他偷我家的桃子"和她举着的篮子挡了回去。胡世盖说儿子打牌去了，还大声埋怨："不务正业，一天到晚只想打牌……"

胡世盖替儿子辩解，被表姐愤怒的喊叫吓了回去，她还跺脚拍打桌子，让他闭嘴切断含糊不清的嘟囔。胡世盖急了，大声喊叫："几个桃子算什么，摘了多少，都赔给你。"

表姐往烂蓑衣可能藏身的地方看了很久，听到声响后走了过去。烂蓑衣躲在胡世将的柴火垛架子下面，用树枝盖着身子。她捡着石头往柴火垛上扔去，不见烂蓑衣的踪影，不过她随口一句"有蛇"，将烂蓑衣吓得爬了出来。烂蓑衣摸着肿胀的脚踝痛哭流涕。

按理说这件事过去了，烂蓑衣却要求表姐赔偿医疗费，费用不多，却事关她的名声和尊严。表姐大骂不止，面对双手叉腰的表姐，烂蓑衣狗急跳墙，骂她是劳改犯，是杀人魔王："还害得毛伢子当不了飞行员。"

原来毛伢子高中毕业，通过了空军飞行员体检，但由于表姐坐牢，政审没过关。他的蓝天梦就此破灭，也不能报考其他军校。他伤心难过，影响了高考，当年只考上一所普通学校。

表姐无颜面对毛伢子，决定外出打工。表婶挽留一阵，便不再说话，她已经习惯了没有表姐的日子。她给表姐买了一只拖箱，希望她跟其他打工者一样，拖着箱子从村里招摇而过。她杀鸡宰鸭，买鱼称肉，让表姐吃好喝好。她送表姐到村口，表姐颠三倒四要求她保重身体，说得自己都厌烦了。她反复要求表姐在外面要注意安全，表姐走了很远，她还挥手大声喊叫。

刚离开时表姐还给家里写信，不过间隔时间长，千篇一律说着好听的话。她也给表婶寄钱，时多时少。后来她便杳无音信，表婶托人打听，毛伢子外出寻找，都不见她的踪影。

29

毛伢子大学毕业要求分配在邻县的枫林水泥厂，说离家近能照顾表婶。他拿着去邻县报到的车票，突然想去找姐姐。他退票时犹豫不定，车票被汗水浸湿，像从水里捞出来的。他立即去购买姐姐所在地的车票，可是当天的车票告罄。

一个满脸络腮胡子的家伙靠了过来，用蚊蝇般大小的声音问他去哪里，吹嘘能帮助他解决困难，还说他运气好，遇到热心肠的他。毛伢子赶忙说出地名。络腮胡子手上没有去那里的车票，就领着他走向售票窗口。毛伢子再三强调："要马上能走的。"

络腮胡子插队趴在窗口边，遭到排队购票的人阻拦和谩骂也无动于衷。他朝着窗户里面喊叫一番后，对毛伢子说："明天的票可以吗？"

毛伢子断然拒绝，却没有离开，依旧对他寄予希望。他正要说给络腮胡子加钱，警察过来了，络腮胡子灰溜溜地跑了。去工厂报到前时间所剩不多，找表姐刻不容缓。他跑向候车室，其他人也跟着奔跑，像遇到危险。他跟在人头攒动的旅客后面，步履蹒跚地走向检票口，仿佛拖着沉重的脚镣。检票员瞪大眼睛，大有一夫当关，万夫莫开之势，似乎一只苍蝇也休想过去。没有车票的人东张西望，妄想蒙混过关，后面的人催促着，还骂人。一个带着小孩的大嫂跟检票员争吵起来，小孩从缝隙里钻了进去，被检票员伸脚推回来的栅栏门夹哭了。孩子脸上流着血，大嫂喊叫着扑向检票员。检票员厉声呵斥，伸手阻挡，回头寻求同伴帮助，毛伢子趁机钻了进去。

车厢门口站着验票的列车员，无票者被拒之门外，像一群遭到驱赶的鸡鸭，跑来跑去。他跑了几节车厢都无法上车，站在那里一筹莫展。车上一个姑娘突然打开窗户，冲他喊叫："爬上来。"

他觉得不妥，尤其在漂亮的姑娘面前。有人突然窜了过去，伸手往车窗上攀爬，还请求姑娘帮忙，夸赞她人美心更美。可是姑娘不答应，先说乘警在旁边，又说车厢里拥挤不堪，没有落脚的地方。那人哀求也不奏效，就抓着车窗，奋力往上攀爬。姑娘掰着他的手，又握拳捶打，最后放下车窗。那人松开手骂骂咧咧走了，姑娘又打开车窗，毛伢子不再斯文，赶忙递上行李，抓住车窗奋力一跃，爬了上去。一番感谢后他要离开，姑娘却不让他走，还挤出位置给他。那个没精打采的老头长叹一声去座椅下睡觉，有了座位毛雅子自然不想走了。

经过十多个小时的颠簸，毛伢子来到姐姐打工的城市。他疲惫不堪，高举着补票凭证，像举着大学录取通知书，可是检票员缩回手，看着别处。他将票证伸到检票员面前，晃得哗啦啦直响。检票员推开他的手，生硬地说："快走，不要影响后面的人。"

看着伸向远方的街道和巷子，毛伢子觉得每条路都通向姐姐那里。看着街道两边林立的高楼，他想象姐姐在某间气派的办公室里，对着人群指手画脚，吆五喝六。他还想象姐姐腰缠万贯，过着纸醉金迷的生活……他咧嘴笑着，天马行空地想着。一个系着围裙看不到衣服的大婶一声吆喝，打断了他的思绪，那辆装满小吃的三轮车本可以从其他地方经过，却朝着他驶来。想象中姐姐的豪车成了破旧的三轮推车，他很失落，像当年得知姐姐坐牢一样。

身上挂着许多警械装备的老警察似乎看出他的难处，却没有走来。他走向靠着门框发愣的女警察，女警察睁大眼睛，站直身子，整理衣服，摸着挂在腰间的橡皮棒子……他跑了起来。女警察不知道表姐的所在地，却眉头紧锁，试图为他找到答案。她询问小卖部店主，店主一心招揽生意，也热心回答。毛伢子得不到答案又跑向老警察，老警察知道表姐的所在地，还流露出对那里一草一木的深厚情意。老警察指着前面说："在那个路口，右拐往前走一百米，再左拐走两百米，乘坐27路车，在五里牌下车，往北走三百米，有个叫鱼涵的地方，坐14路车，到枫桥换乘69路车，直到兴陵码头，再坐半小时轮船就到了。"

他努力记住老警察的话，老警察说一句，他就重复一句，像跟着老师朗读课文。老警察复述几遍后，他记住了路线，乘坐27路车到五里牌后，他打的去兴陵码头。

毛伢子乘船去姐姐上班的八里坡，老警察说隔两小时有轮船过去，实际上一天只有两次船。他买到下午的船票，一个门牙短了一截的汉子过来告诉他，上午的船还没有走，维修耽搁了时间。短门牙说能带他上船，不过要劳务费。说到费用，短门牙说随便给一点，还念及他是学生。毛伢子给他五块钱，他却要十块："都是这个规矩。"

毛伢子赌气说坐下午的船，谎称现在要去办事。短门牙犹豫一下离开了，却很快回来了，还带来一个衣衫不整的汉子，他说："要变天了，刮风下雨就开不了船。"

汉子也说："好多人是下午的票，都是现在走。"

他们左顾右盼像是生怕被人发现，但还坚持要十块钱。毛伢子大声争论，恳求他们让利两块钱。毛伢子付了八块钱，他们说："从来没有这个价钱。"

船靠岸了，他马不停蹄地往姐姐打工的芦苇编织厂走去。姐姐选择这个偏僻又露出破败迹象的厂子，他很理解，谁愿意要坐过牢的女人干活呢？他心情沉重，脚步声很响，也很乱。守门的老头趴在桌子上睡觉，粗重的气息吹得值班登记本呼啦啦翻动。大门上有一扇小门，他伸手推了推，推不开就退到旁边的树荫里。一个推着板车的中年人隔老远喊叫着："开门……"

老头依旧趴在桌子上打呼噜。中年人放下推车，骂骂咧咧走进传达室，他抬起手要拍醒老头，却放了下来。桌子上有香烟，他的眯缝眼睁得很大，张着嘴巴，咻咻地舔着嘴唇。他取出一支香烟叼在嘴上，吸得吱吱地冒火，然后将像含着鸡蛋一样的嘴巴凑到老头的鼻子前，喷吐白烟，老头却转过脑袋继续睡觉。他又吸一口，却将自己呛得连连咳嗽，还弄出眼泪。他抬起手拍打老头的肩膀，老头猛地抬头，来不及骂人先把香烟抓在手里。他责怪中年人下手太重，但声音绵软无力，像呻吟又像叹息。

老头认识表姐，说她人好，爱帮助人："几个地痞无赖来厂里闹事，你表姐操着家伙，领着员工将他们赶得四散逃窜……"

随后他不再说话，只是摇头叹息。为了感谢毛伢子帮忙推车，中年人说："几天前你姐走了，去了哪里，我不知道，你去问问其他人。"

他说出表姐许多朋友，像电视上播送某次全会的人员名单。一个女工接待了他，他们在传达室边角说话，一条狗和一只猫成为他们忠实的听众。女工说表姐重情重义，许多人喜欢她。她说表姐带头打了人，老板害怕报复，将她辞退了。她不知道表姐去了哪里，还埋怨表姐不辞而别。

30

毛伢子马不停蹄地来到邻县，以为枫林水泥厂就在城边，准备租一辆摩托车。车手从车上下来，抓着搭在肩上的毛巾擦拭坐垫，然后擦脸。毛伢子询问费用，他闭口不谈，只是嘿嘿地笑。毛伢子转身要走，他才说出数目，却远超毛伢子预料。车手说能少一点，毛伢子还是不能接受。他说："不能再少了。"他又说，"有十多公里路。"

毛伢子走了。他大声喊叫："你能出多少？"

毛伢子回头说："我去坐班车。"

毛伢子逢人便问去枫林水泥厂的乘车地点，得到惊人一致的答案："最后一次班车刚走了十来分钟。"

他遇到几个没有坐上车的水泥厂员工，有找到组织的感觉。他赶忙亮明身份，掏包取出介绍信。他们以为他取烟，有人伸着手指头准备夹烟，有人拿出打火机。这句"什么好烟，让我们见识一下"，在他取出盖着大印的介绍信后蹦了出来。他们很失望，却认真看着介绍信，一个自恃有才的汉子大声朗读，结果遭到大家嫌弃，说他老家口音太重，叽里呱啦。有人拐弯抹角地提醒，毛伢子才去买烟发给他们。

毛伢子跟着他们走向水泥厂驻县办事处。办事处人满为患。毛伢子捏着介绍信站在门口发呆，办事处侯主任看着介绍信上的红色大印，伸手摸了摸，感叹一声："是个喝墨水的人。"

他明知道没有空房，办公室都腾出来打了地铺，依然装模作样地询问办事员痣哥："还有床位吗？"

痣哥否定的腔调很长很响，像在吆喝，侯主任龇牙耸肩，摇头叹息，显得无能为力。他还在做着肢体动作，有人就喊他去打牌："玩个通宵，反正没有地方睡觉。"

厂劳资科科长唐今早打电话给侯主任，询问其父亲何时何地摆寿酒。一心想给唐今早介绍女婿的侯主任说："来了个相貌堂堂的大学生……"

唐今早就说："我来接他。"他觉得不妥，又说，"有人吗？我过来打牌。"

侯主任要痣哥去找毛伢子，痣哥以为要给他寻找床铺，面露难色："一张空床也没有，桌椅板凳都用上了。"

在隔壁的隔壁的私人旅馆里，痣哥找到正在登记房间的毛伢子。他拉着毛伢子的手，捡起放在柜台上的钱。毛伢子以为腾出了地方，除了感谢，还说："我只要一张床。"他又说，"跟人挤一挤也没有关系。"

毛伢子谨记侯主任和痣哥的交代，站在屋檐下等人，以免唐科长找不到他。他累了就靠着柱子，又蹲下来，不敢离开半步。他与忠心耿耿的狗和勤勉履职的猫为伴，还有一窝燕子。街上偶尔有车子穿过，他立即靠上去，再目送它离开。一对青年男女相拥着走来，他的目光停留在女人身上，透过薄纱一样的裙子，看着她的黑色三角裤和胸罩。两个男人犀利的目光像利剑一样碰撞在一起，他似乎听到叮当的声音。他赶忙转过去，挑逗那条安分守己的狗。在行人寥若晨星的街道上，好几个女人这样穿着。那个踩着高跟鞋的老女人的衣裤像尼龙布，血红的三角裤和胸罩像穿在外面，乳房晃动如风吹的气球，随时会从胸罩里跳出来。她不时伸手拽一下胸罩，隔着衣服，像挠痒痒。鞋跟砸地的声音清脆响亮，打铁一样。她迈步走向办事处，大声喊着侯主任和痣哥。

唐今早随车过来时，毛伢子在台阶上睡着了，胳膊肘压着膝盖，脑袋低垂，身子弯得像一只虾子。嘎的一声刹车，他像受到攻击的虾子一样弹了起来。他迎了上去，唐今早和司机"粉蒸肉"没有理睬，粉蒸肉还要他让开。粉蒸肉大声喊着侯主任，说唐科长来了。毛伢子赶忙说："唐科长，我是去厂里报到的。"

唐今早收住脚步，也许走得太快，或者地板打滑，他脚下一滑，身子猛烈摇晃，失声尖叫。他站稳后对毛伢子说："在车上等我。"

粉蒸肉打开车门就跑回办事处，随后跟唐今早不见踪影。毛伢子置身于黑暗中，有车子做伴，他不再孤独。他往窗外看了一阵，才躺在座椅上睡觉，睡得很香。他醒来一次，还抬起手腕，却看不清手表指针。他估摸下时间，说声"尚早"又睡下了。他梦见一个高大的女人，三角裤和胸罩清晰可见，窄得就几根带子。他春心萌动，那人却变成姐姐，他哭求她回家，她却头也不回地走了。晨练的人惊动了狗子，狗叫弄醒了他，他没有埋怨，觉得现实比梦境轻松得多。

办事处门口突然人声鼎沸，像电影院散场，那个露出血红三角裤和胸罩的女人走在中间，享受众星捧月的待遇。他们笑声朗朗地走进新的一天，但通宵打牌的疲倦一目了然。唐今早记得进城的任务，对毛伢子说："睡得如何？"

"睡得很好。"为了取悦唐科长，他违心地说："比在床上睡觉还舒服。"

听到唐今早与粉蒸肉的对话："你赢了多少？""把上次输的赢回来了，略有节余。"他得知他们玩了一夜牌。粉蒸肉又说："要不是将三万看成五万，赢得更多。"他又说，"赔了庄，手风就转了。"

他们上车就睡着了，打着粗重的呼噜，跑火车似的。后排座位上多了两个人，有一个胖子，毛伢子被挤得双手攀着前排靠背蹲在那里。粉蒸肉开着车睡着了，车子剧烈颠簸，他惊醒了，吓得要死。他靠边停车，点着香烟叼在嘴里。香烟刺激只给他短暂的清醒，他又连连打着哈欠，露出猩红的牙龈，像咧嘴吼叫的驴。在一个潺潺流水的地方，他捧着水泼在脸上，啪啪地拍打，又将脸埋进水里，憋得难受才抬起头。他做足了功课，车子就平稳了。车子停在车库空地上，他来不及弄醒他们就跑向厕所，随后跌跌撞撞走向修理间，在乌漆麻黑的长凳上倒头便睡。

毛伢子站在车旁不知所措，他想叫醒他们，尤其是唐科长。他伸出手，却停在那里，像一棵枯树。唐今早突然醒了，让他从进退两难中脱身出来。这要感谢那只大鹅，它将黄狗追得汪汪叫唤。唐今早追着大鹅和黄狗喊叫，唆使它们打斗下去，还骂着黄狗："没卵用，连只鹅也打不过。"他又张牙舞爪地喊叫，"上去呀，咬它的脖子。"

这个经常处理职工矛盾的领导，对待家禽家畜像对人一样各打五十大板。他骂完黄狗，就骂大鹅。

那些人依旧呼呼大睡，唐今早没有叫醒他们，觉得剥夺他人的睡眠不地道，却指使毛伢子去叫人。被叫醒的胖子很生气，骂骂咧咧。其他人怨声载道：一个人说做梦正在赢钱，一下子没有了；另一个说正跟女人亲热，他破坏了他们的好事……毛伢子满脸委屈。唐今早替他出气："闭嘴，都上班去。"

毛伢子进入厂办公室工作。那年的大中专学生中，除了厂长的侄女去了团委，其他人都下了车间。车间里工作又脏又累，还让人瞧不起。大家心照不宣。唐今早经常对他说："健雄，来我家玩。"

去唐科长家里不能空着手，毛伢子深谙这个道理。他买了水果和点心，有人说礼太轻；他买了烟酒，又有人说唐科长家里不缺这些东西……他以为送礼很简单，其实不然。

唐今早喜欢吃泥鳅，毛伢子就买了一桶泥鳅送过去。唐今早和老婆梁小燕喜笑颜开，如同厂领导登门。他们递上好烟，泡着新茶，摆出一桌点心。这些本省少数民族地区的特产，他以前说是东南亚国家的产品，现在成了西欧发达国家的东西。他取来一瓶红酒，这种与香槟雷同的饮料，被他吹嘘成法国正宗的高级货。梁小燕说这酒几个月工资才能买到，毛伢子吓得喷出糕点碎末。他赶忙阻止唐今早打开瓶子，说自己不胜酒力便趁机离开了。

喜欢毛伢子的姑娘和给他保媒的人很多，严重影响了他的工作和生活。姿色娇美的争相向他示爱，毫不退让，长相平平的也不甘示弱，动辄搔首弄姿。厂里的大叔大妈饭后不再悠闲地散步，向附近村民展示优越的生活和崇高的地位，也不再围在一起说长道短消磨时光，都走向毛伢子的宿舍，那里像工人文化宫一样热闹。那个眯缝眼室友抱怨连连，一遍遍驱赶他们，有人答应给他寻个眉清目秀的妹子，他才离开。人高马大的大叔在指手画脚的大妈前不堪一击，乖乖地闭上嘴巴，但没有离开，耐心等待机会。一个留着大胡子的汉子忍无可忍，朝着那个宽脸大妈大喊大叫："你太过分了。"

那个秃顶也说他的忍耐到了极限："在平时，我早就骂娘了。"

宽脸大妈以一当十，将秃顶和大胡子杀得一败涂地。一个长得难看的矮矬子喊叫着走来，他们立即停下来，希望他为自己说话。可是他说："健雄的婚事由我安排。"

他们立即团结一致对付这个来者不善的家伙，齐声要求他闭嘴，还动手推他。他们各怀鬼胎，自然难以形成合力。矮矬子吼叫着要替唐科长女儿唐莎莎保媒，像领导愤怒的责骂，让他们乖乖地闭上嘴巴。他想为在艰苦岗位上的老婆更换工作，就给唐今早献媚送礼，都成了肉包子打狗。听说唐今早看上胡健雄，他飞奔而来。随即他变换一副嘴脸，像菩萨一样端坐着，抬起粗壮的手驱赶蚊蝇时，伸着兰花指，缓缓划出弧线。他口若悬河地说服毛伢子接纳唐莎莎，将体态臃肿的唐莎莎说得像天上的仙女。

矮矬子挑明了关系，毛伢子就害怕去唐今早家里，在路上遇到唐莎莎，也慌忙离开。他还收买唐莎莎身边的人，掌握她的行踪，便于躲避。唐今早过来找他："好久没去我家了，你梁阿姨蒸了甜酒。"

唐科长说家里有一盒高级点心，自己舍不得吃，特意留给他。可是他过去后，发现不过是一盒普通的甜点。

他同意婚事是唐莎莎答应减肥，梁小燕承诺会严厉监督，唐今早提出她达到正常标准的期限。按照一个月减掉十斤的进度，一年半后她的体重将达到正常标准。看着丰腴腻脂的唐莎莎，毛伢子脑海里是亭亭玉立的窈窕淑女。遵照梁小燕的要求，他们立即订婚，将婚事定了下来。为了打消毛伢子的顾虑，唐家不要彩礼，给唐莎莎的"三金"，也由唐家置办，由他交给唐莎莎。

攀上唐科长的高枝，毛伢子迟到早退，也没人批评，或者扣除奖金。主任还袒护他："他有事请假了。"

他工作懈怠屡屡出错，主任也对他委以重任。副主任满腹牢骚，到处煽风点火，其他人也醋海翻波，对他恶语中伤。厂里涌动着挖苦讽刺说得最多的是："唐今早下去了，他就完蛋了。"

唐今早不但没下去，还升任为副厂长，成为厂里声名显赫的新权贵。唐莎莎提出结婚，毛伢子满口答应，唐今早喜不自胜。唐今早业余时间除了喝酒吃饭，就是打牌赌博、唱歌跳舞，偶尔找小姐销魂。他要提前庆贺，在粉蒸肉的小舅子的小舅子傩哥那间路边小店里，唐今早取得了那张大饭桌的使用权。傩哥安排专人打扫，像装修一样大动干戈，还熏了蚊香，洒了香水。唐今早叫来的人能吃能喝能折腾，他们似乎不是来喝酒而是来吵架的。碗筷杯子叮叮当当，桌椅板凳嘎啦嘎啦。傩哥心惊肉跳，还得咧嘴笑着，点头哈腰。

唐今早喜欢说黄色笑话，有人提了出来，却遭到他反对："今天的场合不能说。"

唐今早象征性喝了点酒，却要求大家一醉方休，他方法简单，态度粗暴。梁小艳赶忙打圆场："你不要那么严肃。"

有人拍着马屁："唐厂长的指示，我们绝对服从。"

还有："唐厂长的话，一句顶万句。"

以及："唐厂长指向哪里，我们就打到哪里"

唐今早却不领情，立即打断他们："不说这个，快喝酒，多喝点。"

一番觥筹交错，大家东倒西歪。唐今早龇牙咧嘴地剔牙，呜里哇啦地说："找地方打牌去。"

他点了三个人，但很多人跟着他走了，屋里剩下毛伢子和几个人，嚷着比试酒量。随后梁小燕和唐莎莎也走了，还叮嘱毛伢子少喝酒，记得早点回去。

他们折腾到黎明鸡叫，傩哥却咬定他们只喝到店子打烊，说到几点几分，他一变再变。他老婆将东西搬来搬去，显得很忙，一开口说话就谎话连篇："我恳求他们不要喝了，就是不听。"她又说，"发现情况不对，我就要人送他去医院了。"

他们的狡辩轻易被戳穿。医生说："病人早上才来，已经晚了。"

医生商量了很久，又征得领导同意，最终写下诊断结论："……胡健雄饮酒过量，引起酒精中毒造成脑部供血不足，导致休克死亡。"

31

我没说要表婶去我家住一些日子，不是我怕麻烦，是她说这把年纪了，哪里都不想去，但村民说了出来。他们异口同声，像老师引领学生朗读，连腔调都惊人一致："跟着你养子享福去吧。"

表婶连声叹息："我没有这个福分。"

我却感到她心里在说："那时候我把人家送回去了。"

随后他们七嘴八舌："你的土坯房要塌了，不能住了。"

连绵大雨造成的山洪冲坏了土坯房子，表婶也没有答应跟我进城。她用柴火堵住缺口，压上石头，继续住在里面，还说凉快。后来屋子里进了蛇，她不敢再住，才同意跟我走。那天黄狗上蹿下跳，狂吠不止，哗哗地挠着木门，她以为进了老鼠，却看到了蛇。她在地坪边大喊大叫，乡亲们以为房子着火了，带着灭火的扫把，提着水，喊叫着跑过来。这条正值壮年的乌梢蛇被渲染成凶猛的毒蛇，无疑死路一条。它死后人们还原了它的真实身份，有人说它是捕鼠能手，却没人同情，还说它死有余辜。它死得比毒蛇还惨，被剥掉黑皮切成多段，煮成一锅肉汤，让全村人分而食之。

土坯墙堵好了，表婶也不敢居住。她被噩梦吓醒，梦见的不只是蛇，还有蝎子和老鼠，对她摇尾乞怜的黄狗也长出獠牙。很少梦见的表叔也频频出现，样子狰狞可怕。莲花婶子给她腾出边角的房子，她晚上睡在里面，白天再去土坯房子那边。一头猪，一只羊，一群鸡鸭，夜里就交给铁锁和黄狗，不过没过多久，她搬了回去。莲花婶子不慎丢失了让村里女人羡慕得要死的镯子，其实是便宜的地摊货，却被她吹嘘成是来自缅甸的名贵翡翠。她伤心恸哭，全家人翻箱倒柜，更显镯子的贵重。表婶成了怀疑对象，极力辩解，莲花婶子说不是她所为，可是狞笑声让她心惊肉跳。莲花婶子后来找到了镯子，却没有让她再住过去。

我再次看望表婶是告诉她我要回城了，并给她一点钱。她笑了，像个孩子。乡亲们要她跟我走，我咧嘴笑着，却笑得很假，我并没有给她预订车票。他们七嘴八舌，我应承下来，答应推迟回去，让她安顿好家禽家畜。表婶犹豫不定，我就说："去我那里把病治一治。"

几天后我去找表婶，她卖掉了家禽家畜。她卖给谁，卖了多少钱，都一五一十告诉我，还给我钱，说是车费。她还说用于其他开支，却说不出名目。反复推搡后我收了钱，对她说："我先替你保管。"

随后她去找莲花婶子，请她帮忙看家，也将黄狗交给她。离开时表婶围着土坯房子转了又转，空荡荡的猪栏和羊栏也没放过，她拿着树枝，像赶羊入栏。她反复看着大铁锁，提着钥匙的莲花婶子催促着："你放心走，我替你看着，房子跑不了。"

车子行驶一会，表婶哇哇呕吐，我递上纸巾，又扶着她下车。再次上车时我摇下车窗玻璃，打开车顶窗户，让更多的风吹进来。我还买了晕车药，想到路程遥远，多买了几盒。我们坐汽车，坐火车，她没有呕吐，我及时打开车窗吹风功不可没，她说是吃了晕车药。

看到表婶，沈菁菁满脸不悦，嘴巴噘得很高，能挂住东西。我将她拉进里屋悄悄说："给我个面子，她是我养母，对我有养育之恩。"

她嘴巴噘得更高，将东西弄得叮当响。我哄她："她住几天就走。"

她质问我："她怎么回去，你再送她？"她训斥我，"吃饱了撑的。"

我说："我们要好好待她，给衣桐做个样子，我们待养母如生母，希望他将来也这样对待我们。"

她想了想转怒为喜：招呼表婶喝茶、吃水果，又下厨做饭，铺设床铺，告诉表婶物品使用，如便桶等。她将刚才的尴尬转嫁给我："也不提前来个电话，我什么都没有准备。"

表婶拘谨地搓着双手。一阵尴尬后，她拿着扫把和撮箕，可是地面整洁。沈菁菁接过东西说："你走累了，休息吧。"

表婶生怕沈菁菁不高兴，就咧嘴笑着。我夸赞沈菁菁人好心好，来消除表婶的顾虑，可是她的表情告诉我，我的话难以置信。我给表婶购买衣物，她不同意买贵重的，我就跟店主演双簧，将一件她喜欢的衣服拿下。她觉得衣服好，还想购买一件："我自己掏钱。"

她爱不释手地拿着另一件衣服，我赶忙说："城里不兴买同款式的衣服，其他店里有更好的，我们再买。"

沈菁菁觉得表婶的衣服买得贵，说八百块也拿不下来。她问我到底花了多少钱，我坚持说只有八十块，她说："给你一百块，去给我买一件。"

沈菁菁觉得多花的钱打了水漂，跟我斗气，噘着嘴说出将我气得浑身发抖的话。我说会慢慢告诉表婶真实价格，还拿出付款单，对她说："这是证据。"

得知衣服的真实价格，表婶呆愣一下，走进屋子，拿着沈菁菁送给她的布包，手像鸟爪抓住树干一样抓着口子。她在屋里数好钱，卷在一起递给我。我奋力推脱，沈菁菁也摇摆双手。僵持一会，我接过她的钱，拿着她的布包，将钱放在里面，拉上拉链，还给她。她怔怔地站在那里，嘴里嘟囔着，不知所云。

我去公园里打太极拳，带着表婶过去，说服她参与。她比画几下后放弃了，说打拳动作太慢，急死人。她站在摆着音箱唱歌的人面前，嘴里哼唱着。我问她要不要一起唱歌，她羞怯地笑着，退到很远的地方，痴呆地看着花和飞来飞去的小蝴蝶。她去运动器械上玩耍，满头大汗也不停歇，得知我很担心，就不再折腾器械。她帮着栽花的女人干活，提出做事挣钱时，她们要她离开，说她不会栽花，栽的花都活不了。

表婶全身心投入到胡编滥造的抗日神剧里。看到她端坐在电视机前，我就去书房守着电脑，或者找邻居摇把子下棋。沈菁菁爱上了广场舞，还有打麻将。表婶喜欢谈论剧情，讲着沈菁菁不喜欢的家乡土话。我们不喜欢她吃饭时也说，张口便喷出饭菜。沈菁菁啪地将筷子拍在桌上，起身离开，扔下一句话："消停一下好不好。"

表婶不再守着电视，坐在床上发呆。我叫她看电视，她摇着头，不说话，不停地揉搓衣角。沈菁菁回北京探亲，她又坐在电视前。那个频道正播放古装剧，我在其他频道找到那部差评如潮的抗日神剧，电视剧已近尾声，剧情不完整她也看得津津有味。她旧病复发，又开始絮叨电视剧里的人物，还说："电视机好大，台也多，人影像镜子照出来一样鲜明。"

我带表婶去看病，沈菁菁对我用医保卡给她支付医疗费耿耿于怀，还跟我吵架。其实表婶给了看病的钱，但我还给了她，说挂我的名看病不要钱。她信以为真，还说给沈菁菁听："吃国家粮就是好，看病不要钱，用卡片刮一下就完事了。"

表婶见我们吵架，深感不安，随后悄悄地对我说："帮我问一下，有没有老乡回家。"她又说，"到了县城我就能回家。"

我立即反问："你没离开过镇里，怎么回家？"

"到了县城，我能听懂他们说话，可以问路。"

我说年底我送她回去，许诺带她坐飞机，她没有说话，低着头离开了。后来她说不想坐飞机，却不是担心浪费钱，是害怕头晕。她还问过我："吃了晕车药，坐飞机会头晕吗？"

沈菁菁参加的广场舞获得社区比赛优胜奖，她和队友高兴得如同获得国际大奖，逢人便说，多次会餐庆祝。她在饭馆里招待队友，又在家里聚餐，让他们尝尝她的拿手好菜，可是饭菜是表婶烹制。客人拍案叫好，在我看来，菜不是太咸，就是太辣，里面堆满了调料。我附和着说好，还伸着大拇指。表婶咧嘴笑着，看着他们的筷子像叉车一样将饭菜装进碗里，再送进嘴里。

表婶经常做饭，还变换花样，沈菁菁不再使性子，说话很客气。表婶不慎倒掉了鲜牛奶，她没有生气，还安慰表婶："没有关系，要送奶工再送一份。"

表婶做的泡菜和凉菜独具一格，我们一家人都喜欢吃。很快厨房里堆满了坛子，楼顶和小区空地上晒着切好的蔬菜。邻居慕名而来，家里拖鞋少，他们就光着脚，踩得地板上都是印子。他们拿来让表婶加工的蔬菜堆到走廊上，像蔬菜批发点。我表示不满，他们就请表婶去家里。

表婶有时大清早出门，很晚才回家。那天深夜，沈菁菁叫醒我："表婶还没有回来。"

我翻身而起，沈菁菁要是不拉着我，我会滚到床下面。我们慌作一团，惊扰了邻居。他们睡眼惺忪，没有怨言，还帮助我们寻找。我们不知道表婶最后去了哪家，无法知道她离开的时间。我们找遍小区，不见表婶的踪影，只看到一只疯狂护崽的猫。我们奔向地下车库，大声喊叫，回音经久不息。

我们回到地面，街道上很安静。我的呼喊声很响，临街房子里粗犷的骂人声更响，随后出现更多抱怨的声音。我依旧大声喊叫，但间隔拉长了，战战兢兢。有谁能理解我的心情？这座城市的人怎么啦？平时车子鸣笛，有人放炮……你们无动于衷，我找人就容忍不了。我们继续寻找，不见表婶我停不下来。

我走不动才坐下来休息。沈菁菁习惯的埋怨"你非要把她弄过来住"，在我抱着她的脑袋，让她睡在我怀里后变得像蚊蝇鸣叫，又变成吞咽口水的咕叽声。我昏昏欲睡，脑袋低垂脖子嘎啦啦地响。

我决定向派出所报案，拿着手机像举着一块石头，险些从手上滑落，手指头僵硬得像一根棍子。我按下110就将手机扣在耳朵上，喂喂地喊着。电话接通后，我认真回答警察提问。

我们回家了，疲惫不堪却睡不着。我听着外面的声音，还时不时开门看着走廊，希望表婶突然出现。我心急如焚，不如出去寻找。摇把子的儿子彭降生开车送我们去派出所，又安慰我们："老人不会走远，很快就能找到。"

在派出所做完笔录，彭降生建议我制作寻人传单，迅速张贴出去。在传单数量上沈菁菁跟我争执起来，我示弱了，还找出理由："不跟女人计较。"

撰写传单我信手拈来，不过寻找表婶的照片颇费周折。我放弃附上照片打印传单时，接到派出所民警的电话：表婶找到了。

我赶忙奔向派出所，表婶惊魂未定，急忙向我讲述走失的经过。她对小区环境陌生，使讲述无法进行下去。我问她最后在哪家做菜，她说不出来，连方位也说不清楚。她指着形状相同的房子，说是这栋房子，又说不是。我大骂那家人没有良心，那么晚也不送她回来，也检讨自己的失误。

原来，表婶给人做完泡菜，乘电梯下楼到了地下车库。在陌生的地方她惶恐不安，哭喊着向人求助，却将四周的回音当作回应，还转身跟它们说话。她来到一个出口，回音消失了，她更加害怕。她在街道上昏暗的灯光下跌跌撞撞地行走，直到有人跟她说话，可是没有人能听懂她说什么。她被好心人送到派出所，警察及时联系了我。

表婶后来又走失过一次，那天她帮沈菁菁去楼顶晾晒被褥，下来就走丢了。虽是虚惊一场，我们同样心惊胆战。我决定送她回家，以免出现闪失。

32

表婶的破烂房子不再适宜居住，我跟胡贵平查看时，轻轻摸着墙壁就掉落渣土。我虽对房屋建造一窍不通，也看出它没有整修的价值，必须重新盖房。胡贵平力主盖两间新房，可是表婶拿出所有积蓄，我也拿出一些钱，离预算还是相差甚远。胡贵平说："盖一间房都不够。"

表婶愁容满面，对我说："不盖了，请人帮我加固一下。"

我如实告诉她："整修费用也不低。"又安慰她，"我们来想办法。"

我对胡贵平说，希望乡邻捐钱和村里帮助，他面露难色。我没有在他那里浪费时间，立即去找村支两委。小院并不气派，却挂着两块嵌着镏金大字的牌子，大门洞开，里面有人说话。我会心一笑，还大声喊着："哈哈，赶得巧。"

里面的人围在一起，从砸击木板的啪啪声和对人指点与埋怨声里，我断定他们在下棋。我走进去挨着他们站着，像他们那样伸着脖子，背着手，不时指出一步制胜的棋。我看不到谁和谁在对弈，只看到众多的手在晃动，有时还碰在一起。我听到一个有力的声音"我赢了"，就赶忙询问："哪一位是支书？"

没有人搭理，我又说："村主任呢？"

有人争吵起来。我无法将这样的声音"走错了，这步棋不算"，以及"不能悔棋"当作对我的回答。我耐心等待，让他们分出胜负。我伸着脑袋从缝隙里看过去，拉扯那个穿着整齐的汉子。汉子头也不抬就猛地甩手，甩得我的手要飞出去。我没有生气，有求于人时，冲动显然很不明智。我继续等待，但心情无法平静。我举着一支香烟，画着很大的弧圈伸向那个形象邋遢的矮个子，心想他不会傲慢无礼。矮个子很客气，接过香烟后笑得嘴巴张得很大。他是个哑巴，我离开了，他还咿咿呀呀比画。我举着香烟，他们都看着我，其实是盯着我手里的烟。我给他们发烟，不停地说："没有拿到烟的就说。"

这里没有支书和主任，副支书和副主任也不在，怪不得他们在院子里为所欲为。他们叼着香烟，咧嘴笑着，热心帮我找人。有人举着手机，喂喂地喊叫。我听到这样的声音："占线了。"还有："支书就是忙。"以及："主任也打不通。"

有人给支书打通了电话，说他一会儿过来。这个"一会儿"太长了，比一晌午还长。我从便民商店买了五包烟，被他们抽得一根不剩，支书过来时，我没有烟给他。支书西装革履，隔老远就大声嚷嚷："太忙了，脑瓜子嗡嗡的。"

没有香烟联系感情，我的请求被拒绝得很干脆。支书先说村里没有资金，也没有先例。他又说："都找村里要钱，我就没法干了。"

我给支书买了一条香烟，并非要他给表婶解决资金，而是希望日后予以关照。支书坚辞不受，显得清廉正直，可随后他说："什么好烟，让我看看。"

我赶忙递上香烟，激动地说："下次给你带一条好烟过来。"

说完我后悔了，还抬起手，要惩罚多事的嘴，却划出弧线驱赶苍蝇。支书眉飞色舞，侃侃而谈："……乔晚妹是困难户，我们有帮扶计划。"

支书的帮扶计划迟迟没有着落，我只有自己解决资金。几万块钱不算多，但我的退休金由沈菁菁掌管。我想到养子衣桐，然而他跟我一样妻管严，不过他有私房钱，还能赚到外快。我决定向他借一万块钱，手指头在手机上快速划拉，最后手又停在那里，我担心他告诉沈菁菁，手指头还是戳了上去，铃音响了很久。电话通了，但我没有说借钱。挂了衣桐电话，我给武总打了电话，他答应我去上班后，我大胆向他借钱。他不答应借钱在我预料之中，但我尝试了，没有后悔。沈菁菁得知我借钱，在电话里哭闹，说我在外面养了女人。我指天发誓，请胡贵平证明，她才安定下来。几天后她打来电话，问我身体如何，生活怎样，还说："给你打钱过去。"

我生怕她生气，只要她打两万块钱。她说两万块钱盖不了房子，这话让我很感动，但我听出她对我多管闲事的责备。我赶忙说："农村盖房造价低，土地和木材是现成的。"我还骗她，"村里给了扶贫救助，村民都捐了款。"

胡贵平答应借给我一万块钱，却遭到莲花婶子阻拦。他将莲花婶子推倒撞在门框上，呲哇乱叫。我羡慕胡贵平，尽显一家之主的威风。我赶忙对莲花婶子说："有了钱，我第一个还给你。"

能想的办法我都想了，还差两万多块钱。有人建议我去镇上的建材店赊欠材料。

镇上洪发建材店的姜老板说："这要问我老婆。"

老板娘双手叉腰，怒目圆睁。我掏出香烟递给姜老板，也递给旁人。老板娘一边转身招呼顾客，一边说出心里的不满："抽这么好的烟，却没有钱买材料，谁信？"

老板娘拿着包扭动着肥臀出门，生怕别人不知道她享有优越的生活，喊叫着去打牌，连说好几遍。她走了很远，又回来对姜老板说："不许赊欠，到时候连人影都找不到。"

她还叮嘱在角落里写作业的女儿："帮我看好你爹。"

我很气愤，当即回击："我不买了。"

我来到共生建材商店，门口挂着木牌，写着歪歪扭扭的"小本经云，盖不设欠"。我读出了店家的傲慢，有一种遭到羞辱的感觉。我给每处错误一声狞笑，回击店家死板的经营。镇的另一头还有建材商店，人们争着告诉我，不过嘻嘻哈哈，像在骗人。这家建材商店门头装饰一新，料想店主想好好经营。

我审视店门，隔壁店铺的女人看着我，旁边站着一个端着碗吃饭的伢子，一群鸡围着他。那只威猛的公鸡在他身上啄了一下，他伸脚踢得它扑啦啦乱飞，搅起一股灰尘。女人的声音穿过浮尘进入我的耳朵："店查封了，人走了。"

一周后我有了钱：武总的公司遇到麻烦，来电催我过去，我又向他借钱，并说老婆管得严。沈菁菁做梦也没有想到，那个她魂牵梦萦的男人，通过电话向陌生人数落她。武总对此津津乐道，嘿嘿地笑，答应预付两万块钱工资。我连声感谢，电话挂断了我还在感谢。

房子很快盖好了，我们宴请了前来贺喜的乡亲，然后由匠人盖上最后一片瓦，用水泥固定好，表明房子圆满完工。表婶落魄失意，人缘却很好，贺喜的人很多，胡贵平安排人员分批吃饭，让力伢子负责去镇上采购食物。

我想用礼金偿还部分借款，可是表婶要置办棺材和寿衣。房子装修，购置家具，整修地坪和路面，以及家庭生活开销等她都置之不理。我心里不悦，却决定几天后和胡贵平去山里为她挑选木料。

谁知一场变故打乱了计划，表婶最初没有意识到问题的严重性，以为匠人从楼梯上滑落是小失误。匠人倒在地上，双手握着脚踝，哎哟叫唤，豆大的汗珠挂在头上，像淋了一场雨。他痛苦不堪，被壮汉搀扶到座席上。胡贵平宣布开宴后。他张口便吃，像饿了很久。可是吃完饭他扭动不已，大声哀号，要求我们送他去医院。

我以为他去镇卫生院治疗，可是他跟着侄子去了城里，还选择那家收费最贵的私人医院。他们从管账的飞伢子那里拿走五千块钱，表婶心疼得像从身上挖走一块肉。我突然明白：他的治疗费用要我们承担。

我以为他的伤用不了五千块钱，提醒表婶将来取回剩余的钱，还请胡贵平帮忙。可是他治疗花了一万多块，余下的钱由表婶出具一张欠条。这个意外将表婶宴请客人的节余花费殆尽，幸亏我从支付工钱和材料费的余款里，给她买了一台旧电视和几件家具，不然她真的家徒四壁了。

33

表婶很不甘心，自己累了一辈子，可能会落得像剃头匠括弧老子那样的下场——由村民捐钱买一口薄棺材。她希望留下坟头，并不期待我去烧纸磕头，是等着表姐回来。她经常对莲花婶子说："凡妹子会回来的。"

莲花婶子安慰她，大多是埋怨表姐多年来杳无音讯，她也替表姐说情："她正忙着事业，一时半会脱不开身。"

表婶摇头叹息："不指望她，我的心死了。"

莲花婶子努力说着："你好好活着，她会风风光光回来。"

表婶生气了："多少年了……我当她死在外面。"

他们又说到我，表婶不再摇头叹息，还嘿嘿地笑。她后悔当年没有照顾好我，使我的童年生活苦不堪言。莲花婶子说我是知识分子，不会计较。当莲花婶子说："他要是计较，就不会接你去城里住，也不会给你盖房子。"她才轻松下来，还眉开眼笑。

莲花婶子想让我认表婶为妈，征求胡贵平的意见，胡贵平支支吾吾，不置可否。她告诉表婶，表婶摆动双手，连连后退，嘟囔着"使不得"，还再三叮嘱："不许说这事，我已经对不起他了。"她又说，"我不能再拖累他。"

为了购置棺材板和操办后事，表婶大量种菜，成群地养鸡养鸭，养猪很累，也养了好几头，还养了一群羊。她还想养牛，却没有本钱。

那些沟沟坎坎的地方，她种了农作物，巴掌大小的地方，她也种上一棵瓜菜，或者一株豆子，藤条沿坡生长，挂着丰硕的果实。菜种多了，需要更多的精力打理。表婶起早贪黑在菜地劳动，不停地往地里挑粪水。有一次她往地里挑大粪，摔倒了，一只粪桶突然散架，粪水浇了她一身，还弄到嘴里。她呜呜地哭，愤怒地踢飞粪桶板。

粉阿嫂不用攒钱买棺材板，也到处种菜。她的棺材板在全村最好，花钱最多，儿女们用这种方式表达孝心。她不像表婶那样频繁地走向集市，隔三岔五才去一回。她从不送人，瓜菜多了就喂猪养羊。她发现丢了瓜菜，破口大骂。为了骂人，她还买了一只电喇叭，吵得青山老汉身子抽搐，那天她骂了很久，又播放录音继续骂。表婶觉得她是在骂自己，气得全身发抖。莲花婶子过来对她说："恶婆子又发癫了。"

表婶说粉阿嫂丢失的桐子湾边角的南瓜是她所为，还说："那是我种的。"她又说，"还是我俩去镇上买的品种。"

这的确是表婶种植的南瓜，与她在其他地方种的品种一样。莲花婶子跑去对粉阿嫂说："你的南瓜苗被羊吃掉了，晚妹子后来在那里种了一棵。"

粉阿嫂气势汹汹地说："你跟她关系好，当然会帮她说话。"

莲花婶子说："品种跟你的也不同。"

粉阿嫂没有胡搅蛮缠，却说："我说不过你。"

种菜需要肥料，表婶就捡拾牛粪，烧制草木灰。坡上的杂草比人还高，金秋时节黄澄澄的，将它们烧掉只需擦着一根火柴。想到山火会烧坏树木，她拿着火柴的手抖得厉害，像得了帕金森。火柴棍烧完了，火星烫着手她才甩出去，她慌忙离开。她干完家务活，在竹椅上打了个盹，坡上才火光冲天。男人拿着农具冲了过去，妇女和老人大声喊叫。表婶站在地坪里不知所措，她吓傻了。肆虐的山火终于扑灭了，这片曾经碧草青青山花烂漫的山坡，成了黑黢黢的荒凉之地。

这是莲花婶子的山林，有一小片属于胡世将，且他那里石头多，树木少，粉阿嫂却声泪俱下地哭诉，大骂不止。胡世将提醒她："那是山林，不是房子。"

她骂他知道个屁。莲花婶子接腔了："我家烧毁那么多山林，都没有吱声，你哭个啥？"

乡亲们附和着："你这么闹，有意思吗？"

粉阿嫂停止吵闹，咬牙切齿地说："找到是谁烧的，一根草都要赔偿给我。"

表婶以为自己闯下大祸，慌忙往山上走去，还踢着自己的脚，疼痛不已。她饥渴难耐也没有回家，山上的野果，地里的红薯，成为她果腹的食物。秋天的山泉水没有夏日的干净，囤积在水坑里被树叶浸染成深酱色，她捧着喝了起来。她惶恐不安，天黑才回家。

她在角落里坐了一阵，才走向灶房。她吃着早上的剩饭，饭菜太凉，就从暖瓶里倒入开水。莲花婶子见状直皱眉头，猛地摇头："这还能吃？"她又说，"山火烧死好多树，你贵平哥说损失一万多块……"

表婶吓得瑟瑟发抖，急出了眼泪。她琢磨卖菜积攒的钱，能否够赔偿莲花婶子。她取出木盒子，一张张摊开，还念着数字，写在纸上，生怕弄错了。莲花婶子不想看她数钱，害怕丢失了难辞其咎，急忙离开，还告诉表婶："粉阿嫂的孙子翻鼻头和几个伢子，看到牛卵包一样吊着的马蜂窝，点火烧它，烧着了茅草……"她又说，"幸亏一下子烧了起来，烧死了马蜂，不然他们就惨了。"

表婶清晰听到山火是"翻鼻头"所为，却要求莲花婶子："你再说一遍。"

她将钱扔进木盒里，拍着手连声说："放心了，彻底放心了。"

她又想到棺材板和死后的道场，得知三天三夜的道场需要几万块，就唉声叹气，冗长的声音仿佛抽空了肺里的气体。她不甘心悄无声息地死去，那样等同于任人宰杀的鸡鸭鹅和猪牛羊。听到一旦二夕的道场也能使来生过得舒坦，她退而求其次，可是也要两万多块钱。她要守住一旦二夕的道场。她拼命攒钱，一根草也拿去卖掉。

她孤独寂寞，就抱出木盒子数钱，她不会加法，只能概略估算数目。力伢子家里失窃后，她将木盒子藏进红薯地窖里，上面盖着东西。她请人加固门窗，安装明暗两道锁，还养狗看家，结果家里也被盗了。窃贼没有因为她贫穷就放过她。狗子太小，没有练就看家护院的本领，报警的吠叫发虚发飘，窃贼扔去一块石头，它夹着尾巴落荒而逃。家里丢失几件小东西，木盒子还在地窖里，她赶忙抱住它，庆幸窃贼没有发现。盒子里面有许多碎纸片，她想不起何时放了这些东西。闻讯赶来的莲花婶子捡起一片纸喊叫着："是钱。"她又说，"这是老鼠咬的。"

盒子后面的活页边有个小洞，她们倒出碎片，看到蠕动的小老鼠失声尖叫："真是老鼠干的！"

表婶万念俱灰，认真听着莲花婶子的责备："胆太大了，敢把钱放在家里。不仅有老鼠啃咬，还有窃贼偷盗。"

完好的钱被信用社职员数清了，一共六百五十九块三角四分，老鼠咬碎多少钱，永远是个谜。信用社职员将钱放进铁柜，表婶有一种钱被抢走的感觉，但从借条一样的存折里获得安慰。她不安地问："可以随时来拿吗？"

这间门窗上装着铁栏杆的房子，成了她心中神圣的地方，她的钱放在那里。赶集时即使不去存钱，她也朝那里看一会儿。她存钱时都要问一句："有多少钱了？"

34

砖厂老板黄小毛是胡贵平拐了几个弯的亲戚，胡贵平找了他好几次，才让表婶过来做饭。为了微薄的补助，她主动要求晚上在砖厂看房子。

那块杂草丛生的荒芜地，由于挨着土马路，相对平整，土质好，被许多人看上了，黄小毛略施小计就斩获成功。斜坡上坟茔密布，比人还高的茅草和顽强生长的小树，将坟茔和墓碑遮掩得严严实实，与下面的草丛连成一片。近年人们有钱了，那里修整出许多碉堡似的坟茔。表婶担心失去工作，违心地说："一把老骨头，怕那些干啥。"

调试机器时，黄小毛带人连夜加班，还有人在那里通宵打牌，很热闹。一段时间后，夜里只剩表婶，她害怕了，后悔不应该为了钱夸下海口。工地上灯火通明，白炽灯上的蝇蛾如漫天飞雪。灯光照得墓碑像一张张死人的脸，她甚至想到躺在下面的人也是这副模样。她经常被可怕的梦吓醒，大汗淋漓。她不敢对黄小毛说，生怕每月一百块钱的守夜费泡汤。黄小毛也很害怕，砌了一面高墙，将坟茔阻挡在外。后来泥工老孔与老伴干架，住在工地里，表婶不再寂寞害怕。

表婶领到工钱，就对未来充满幻想，除了置办一副厚实的棺材，还要三天三夜的道场。她认为这辈子太苦，要好好超度为来生祈福。她想过五天五夜的道场，但念头一闪而过。她要留下钱看病，病痛让她苦不堪言，有时丧失生活的勇气。她想买一台冰箱，这个铁柜子很神奇，任何时候像冬天一样寒气袭人。她还要买一台洗衣机，听说洗不干净便打消念头……她有很多想法，一声叹息后逐一放弃。

表婶将场地打理得井井有条，还制作泡菜和腌菜，想方设法调节大家的伙食。黄小毛赞不绝口，却不给她加钱。有人撺掇她去找黄小毛，说她做事多，应该加钱，说的人多了，她动心了。黄小毛似乎知道她有话要说，就避而远之，去食堂里打饭，也请人代劳。有一次她碰到黄小毛，可是嘴里说的却是："给你添点热水。"

后来她不是说"你的衣服脏了，帮你洗一下"，就是说"做了银耳莲子汤，你去喝一碗"。

那天表婶身体不好，向黄小毛请假，黄小毛以没有人顶班予以拒绝，还说："给你加钱。"

听说能加钱，表婶被老鼠咬了，也不敢请假去卫生院。她按照老孔吹嘘的祖传秘方简单处理，还嫌程序麻烦，后续治疗也放弃了。

老鼠糟蹋食物，咬坏东西，在砧板上拉屎撒尿，表婶发誓要剿灭它们。她从家里取来灭鼠工具，又利用乡亲们纷纷献出的材料设置陷阱。将闲置的瓷盆装上糠皮，弄成斜坡，在上面放置杯子，顶着木盖，就成了陷阱，还真捕获了一只大老鼠。如何将老鼠从瓷盆里弄出来，表婶犯难了。她想将瓷盆放进水里，却觉得浪费糠皮，还弄脏水，老鼠容易跑掉。她想将瓷盆扔进火堆里，怕深夜里烧着大火，让人误会。她想了许多办法，都否决了。那条扔在墙角的破旧裤子让她眼前一亮，将老鼠赶进裤管里，抓住它易如反掌。她拉扯裤管，觉得牢固后用线绳捆扎裤脚。她将裤腰口套在瓷盆口，觉得万无一失才移开木盖。老鼠似乎知道是陷阱，迟迟不肯进去。表婶反复手拍木盖，像使唤牛羊一样咻咻叫着，还跺着脚。老鼠奔窜一阵后冲进裤管里，却从破洞里伸出脑袋，咬了表婶的手，鲜血直流。表婶赶忙清洗伤口，挤出鲜血。表婶恼羞成怒，剪掉老鼠爪子，用线绳系住脚和脑袋，挂在门板上。

深夜里一群老鼠在那个奄奄一息的家伙下面上蹿下跳，挠门咬门。表婶惊醒后才想起老鼠挂在那里，她很生气，又觉得好笑。她摸着瓶子砸过去，下面的老鼠惊慌逃窜，挂着的老鼠拼命挣扎。

表婶发烧了，全身酸痛，呼吸困难，她安慰自己说是伤风感冒，过几天就好。那天她无法做出十几号民工的饭菜，只好向黄小毛请假。她没有去镇卫生院，除了无法走到那里，也被村医疗点的苦瓜老子蒙骗。苦瓜老子背着破烂的药箱子，提着药袋子，定时给表婶治病。那些强加给表婶的药物，被他冠以治病救人的美名，夹杂着打折优惠的谎言，从表婶哎哟叫唤声里讨得几声感谢。筛子里药物堆积如山，苦瓜老子还不停地提药过来。侍候表婶的胡世盖儿媳妇棉阿嫂看不下去，挖苦道："你干脆把医疗点搬过来好了。"

表婶昏迷不醒，棉阿嫂以为她死了，哭喊着叫人过来。人们的喊叫和狗子的吠叫在村里炸开了锅。隔壁村的人也过来了，带着狗子，像去打猎。有人拿着锄头和砍刀，有人背着鸟铳，扛着梭镖，还大言不惭地说："以为村里来贼了，我们来抓贼。"

表婶病危休克，他们又吵吵嚷嚷，不过内容变了，关心的方式和程度也不同。除了个别人回去打理家务，其他人守在那里，以特有的方式表达对表婶的关爱。幸亏邻村来人了，才有足够的人力将表婶抬上村口的面包车上。半路上表婶苏醒了，胡贵平和棉阿嫂喜出望外，抢着告诉她是去镇卫生院。表婶要求回家，却身子乏力，胡贵平不停地说："苦瓜老子要求送你去卫生院。"

她只好作罢。她嘶哑地询问苦瓜老子弄走了多少钱，胡贵平说："你先休息，苦瓜老子会跟你详细算账。"

卫生院的郭医生安排表婶做了全面检查，面对她的老年病和妇科病，他像对待疑难杂症一样认真研究，电话咨询城里医院的专家教授。他还组织医生会诊，但他们不说话，像学生一样聆听。住院后表婶的病情未见好转，身上的红斑不断扩大。郭医生要求她转入县人民医院："这里条件差，有些病没法检测。"

表婶多次要求回家，说要爬回去。胡贵平最终同意她回去，是许多人说："她可能不行了，不想死在外面。"

表婶处于弥留之际，我赶了过去。表婶已说不出话，见到我就睁开血红的眼睛，嚅动紫黑色的嘴巴。我从她眼神里看到："你回来了。"

我要靠上去询问情况，他们立即阻止。他们说不出表婶的病因，却认为病会传染。一个戴着口罩的人将消毒水洒在表婶的床上，又洒在围观的人身上。我向表婶隔空喊话，通过她摇头或点头来沟通。她只有一次轻微点头，大多是难以判明的摇头，有时没有反应。我头上出现汗珠，有人立即替我擦拭。胡贵平征求她对后事的安排，她泪流不止。此时她点头貌似多了，有时动一下手，还轻微地哼哼。胡贵平又问要不要我当孝子，她连连点头，我就成为这个没有血缘关系的女人的儿子。表婶安详地躺在那里，那丝维系生命的气息，让我觉得她可能太累了，暂时睡着了。她在我悲怆地喊出一声"妈——"后微笑地走了。

成为表婶的儿子并非喊叫一声就完事，我要跪在摆着表叔遗像的神龛前面，听着胡贵平的嘀咕，完成许多荒唐的程序。我对喝下一碗滴入鸡血的米酒望而生畏，也对改名为胡中光很不情愿，但我只能任由摆布。我对这些举动产生抵触情绪时，觉得表婶正眼巴巴地看着我。

　　成为表婶的儿子必须经过爹妈同意。爹没有意见，当时他把我寄养在表婶家里，如今表婶有难，我必须恪尽养子义务。妈妈很难受，仿佛失去一个老儿子。在胡贵平和乡亲反复劝导下，她的哽咽变成悄然落泪，然后神色黯然地坐在角落里。

　　我为表婶置办了棺材和寿衣。我对胡贵平说："买材料最好的。"

　　我对给表婶做三天三夜的道场颇有微词，这需要一笔很大的开销，她享用不到，只是让活着的人心安理得。我硬着头皮应承下来，立即向武总预支工资，又向沈菁菁要钱。沈菁菁要来送表婶最后一程，却因来不及只好作罢。我将侄儿侄孙叫来，制造盛大的守灵场面。

　　我以为将表婶送上山就万事大吉了，可经风水先生安驼背手持罗盘折腾一番后，咬着胡贵平的耳朵嘀咕着，生怕别人听到，尤其是我。他们很神秘，但又不得不让我知道。胡贵平咬着嘴唇，替安驼背说："……死亡时辰与坟地的山向冲突，要另选日子安葬。"

　　我以为要将灵柩摆放在家里，等待一段时间才能安葬，我心急如焚，赶忙问："摆放那么久，不会臭吗？"

　　他们争着讲述第二次安葬的原因，但我只听安驼背赘述。我并不喜欢他咿咿呀呀像哭一样的声音，是想从中找到破绽，驳斥他的谬论，让表婶早日入土为安。他说："将棺木放进墓穴，在上面搭上架子，铺上塑料布，覆盖黄土。在另一个日子里才将黄土埋下去……"

我启动嘴唇，准备驳斥安驼背坑蒙拐骗的行为，可是胡贵平将我支走了，还要我什么也不要说。

反复在表婶的灵柩前跪倒爬起，不断被人叫去干这干那，我耽搁了睡眠。我披麻戴孝，手持纸幡护送表婶上山，吵吵嚷嚷中我竟然睡着了。我栽倒在水坑里，弄了一身泥水，我被人架着走向表婶的墓穴，冻得瑟瑟发抖。我坚持完成第一次安葬的程序，双脚冰冷如铁，我不停地咳嗽，涕泪交流。

按照胡贵平的安排，我给了安驼背丰厚的礼金。得知第二次安葬还要如数奉出，我朝着背着鸡鱼肉和供品蹒跚而行的安驼背大声喊叫："胡闹，为了多得这点东西，在那里瞎折腾。"

35

表婶走了，我并没有轻松，要努力赚钱偿还欠款，还要了却她找到女儿的心愿。胡贵平动辄打来电话，催促我去找人，并大骂表姐大逆不道。我不想听他骂人，就将手机举在前面。有人说我："老头变得新潮了，玩起了自拍。"

我在寻亲网站上发布了寻人讯息，又在表姐可能生活的地方媒体上登载寻人广告，还向当地公安机关求援。也时常我在微信群和朋友圈发布寻找表姐的信息。

我的电话多了，诈骗电话随之增多，我不胜其烦，但逢来电必接，生怕错失机会。我不再在夜里静音电话，更不敢关掉手机。我买了充电宝，确保电话畅通。武总得知我的情况，动员公司职员在朋友圈发布消息，还请朋友和合作伙伴帮忙。

那天夜晚狂风大作，室外的物品被吹得啪啪坠落，我不寒而栗。我照例打开电脑，查看网站上的寻人信息。在名为"呼唤"的寻亲网站上，有一段母亲寻找儿子的描述，与表姐的情况相似，我认为这人就是表姐。我挥舞拳头，大喊大叫，像与窗外的狂风叫板。我回复网站与之联系时，突然停电了，黑漆漆的屋子似乎摇晃起来，脚总是踩不到地面。我打开手机照明，并没有地震，是狂风呼啸使黑夜变得狰狞可怕。恶劣的天气造成大面积停电，手机也不通了。我和衣躺在床上，心情复杂地等待黑夜过去。

来电后我立即上网跟帖，可是网站回复太慢。我责怪网站效率太低，还认为那里也停电了。网站的电话始终占线，偶尔接通，却无人接听，随即是传真机的嘀嘀声。我跟当地的志愿者联系，可是志愿者没有表姐的电话，我不由得想到表姐处境艰难，或者遭遇不测。

我赶过去与志愿者见面，这个中年妇女很热情。她说表姐当年在机械厂干得风生水起，还当了组长。那天她本来休息，当班的冯姐临时有事，她顶了上去。不料吊灯突然坠落，她被砸得晕头转向，那只往机器里送模具的手绞了进去，手指头齐刷刷被切掉了。

表姐的医疗费用本是由保险公司承担的，厂长却说是厂里负责的，让人觉得他胸怀广博。可是表姐住院他不支付工资，还逢人便说："由于她，这个月白干了。"

表姐说："不是我操作失误，是吊灯坠落砸在我身上。"

右眼歪斜的大蒜老子曾死缠烂打地追求表姐。那天晚上，他将帽檐压得很低，戴着口罩，踩着零乱的步子去看望表姐。他再次过来时带来了鸡汤，提着营养品，在床头摆放一束鲜花。表姐生日那天，他买来蛋糕，咿咿呀呀唱着生日歌。

表姐残废了，就答应嫁给大蒜老子。在伴娘搀扶下，表姐蹒跚着走向这个并不喜欢的老男人。厂里那间堆放杂物的房子成了他们的婚房，厂长允许他们在走廊上做饭，至于洗澡和方便，只能去公共澡堂和厕所。

婚后表姐在厂里守仓库，大蒜老子当保安。他们省吃俭用，给一套两居室付了首付，满怀希望准备用机械厂稳定的收入还贷时，机械厂遭到破产清算。老板答应给表姐的工伤补偿，也迟迟没有兑现。那些为数不多的赔偿款是他们采取了诉讼手段，闹得不可开交后才到手的。

从此，表姐以比别人低的工资给小区看门，大蒜老子收集废品，他们又稳定下来。大蒜老子很勤奋，有时获得可观的收入，他是附近几条街上最成功的废品从业者。有了钱，这个糟老头子心野了，他对挑着水果叫卖的张寡妇想入非非，还要她为他生儿子。他和张寡妇是在牌桌上认识，除了故意输钱给她，也施与小恩小惠。他动手动脚没有遭到拒绝，就借着酒劲将臭嘴压上去，用舌头洞开她紧咬的嘴唇，往深处插去。张寡妇哼哼叫唤，他旋即将乌黑的手伸向她的胯部。可是他失算了，一记响亮的耳光让他眼冒金星。

喜欢大蒜老子的老女人有好几个，都是看上他的钱。大蒜老子对表姐抠抠搜搜，却对那些老妪出手阔绰，像挥金如土的富豪。那个牙齿脱落的驼背女人，没有得到大蒜老子青睐，就挑唆表姐。他被表姐打掉了牙齿，左眼睛也歪斜了，那张干巴巴的脸反而对称了。

表姐试图为大蒜老子生个孩子，到处寻医问药，还求神占卦，却因年事已高，于事无补。他们想抱养一个孩子，希望老了有个依靠。那天大清早，罗阿婆送来一个女婴，说是被人遗弃在医院门口的。表姐辞去工作，在家里悉心照看孩子，如同己出。孩子体弱多病，他们四处求医，治病耗费许多钱，也耽误大蒜老子收集废品，日子过得很拮据。孩子还没有痊愈，大蒜老子又病倒了。他们将孩子退给罗阿婆，要她找一户能给孩子治病的人家。大蒜老子久病不愈就吵着回老家，说不想死在外面，要魂归故里。表姐执拗不过，只好带着他回到位于深山老林的老家。大蒜老子没有死去，还能下地行走，但药不离口。

志愿者带着我往表姐家里赶去，车子始终在盘山公路上穿行，剧烈摇晃。我早已晕头转向，志愿者脑袋伸在窗外，呕吐不止。车子停在土马路尽头，司机不愿意前往，说那里太远了，他在车上等我们。我提出加钱后，他欣然同意，还帮助提着我给表姐买的礼物。

翻过两座山，走过一片很大的竹林，出现一栋破烂房子，司机说：

"在那里。"

他不说我也觉察到了，随风飘来的中草药气味表明情况堪忧。见到表姐的喜悦心情，被门框上的白纸对联搅乱。我们诉说姐弟情谊，声音很低。我们咧嘴笑着，却极不自然。我问她："怎么回事？"

"你姐夫死了。"

"什么时候的事？"

"一个月前走的。"

她拉扯袖子，努力掩盖戴着手套的假手。我停了一下才问她："那只手能做事吗？"

"不能，是只假手。"

我问起她城里的房子，希望这事能让她心情愉悦。她叹息一声："卖掉了，钱给你姐夫治病了。"

她主动告诉我，为何长久不回。她声泪俱下，还对天发誓："我要说谎，天理不容……"

我赶忙安慰她："表婶想你，说到你就泪流满面。"

她哭着说："我对不住妈妈，亏欠她太多了。"

我咬着嘴唇，没有告诉她表婶死了。她清了清嗓子，哽咽着说："……手残废了，也没有赚到钱，不敢回家，怕妈妈伤心。"

她取下手套，给我看手，然后说："你姐夫生病，我就更走不开了……"

我埋怨她："你应该打个电话，或者写信报个平安。"

她说有毛伢子在，就放心了。我赶忙偏转脑袋，躲避那双汪汪泪眼。她打探毛伢子的情况，要去投奔他，或者找他谋个事做。我不能如实相告，就搪塞着："他可能会让你失望。"

她脸颊战栗着，像中风了。她又说不想回去，说她现在这样会让表婶伤心，让乡亲们看不起。我不得不说谎："再不回去，以后就见不到她了。"

她处理好家里的破烂东西，跟着我回去了。有乡亲们见证，我就实话实说。她哭天喊地，还昏死过去，也没有换来乡亲们的原谅，尤其是胡贵平，很生气："再怎么折腾，不如回来看看你妈。"

有人附和："几十年杳无音讯，你妈急死了。"

也有这样的声音："没见过你这样的人。"

乡亲们愤愤不平，但还是请我们去家里吃饭。表姐不敢去胡贵平家里，他骂得最凶。我们在棉阿嫂家里吃完饭，就去购置给表婶上坟的祭品。

第二天我们去给表婶上坟，乡亲也去了不少。还没出门表姐就号啕大哭，仿佛表婶刚刚过世。我在表婶坟前插上香烛，摆好祭品，点着纸钱，鞠躬跪拜，忙得不可开交。她绕着坟茔跪地爬行，弄得满身泥土，像个泥人。她哭喊着请求表婶原谅，也乞求她保佑。

我除了给表婶找到表姐，带她上坟，告慰表婶的在天之灵，还想卖掉那栋给表婶建造的房子，偿还给表婶办理后事的欠款。在大家说和下，由胡贵平作主，房子卖给棉阿嫂。不巧我爹妈生病住院了，我要去侍候他们，这件事情就拖延下来。几天后棉阿嫂打来电话，说表姐正请人整修要卖给她的房子。我拨打表姐的电话，又挂断了，觉得这事须当面才能说清楚。

面对孤立无援的表姐，那些反复酝酿的话，被我咽下，堵在喉咙里。棉阿嫂将房子的情况告诉了表姐，表姐看到我就说："我是妈妈财产的合法继承人。"她不让我插话，急忙说："拆除了土坯房子，就用这栋房子抵偿。"

这栋由我出资建造的房子，村支书和胡贵平以及胡氏长辈一致认定归我所有。表姐没有得到房子，还遭到一番数落。她拒绝签字，哭哭啼啼收拾东西，连夜要回到大蒜老子的破烂房子里。大家面面相觑，胡贵平扔掉烟卷对我说："看在凡娥儿没有房子居住，我想……"

我明白他的意思，伸手示意，他立即停下来，我说："房子可以给她。但我有话要说，必要的程序也要走。"

村支书和胡贵平嫌我折腾，有些不悦。我说："我要让她明白道理。"

我接着说，"她长期不归，对表婶不闻不问，这是不孝。"

表姐对我请人见证，并以文字形式确定房子的产权非常不满。即便我让出房子，她也耿耿于怀。她背后诽谤我，遭到许多人痛斥。我孝敬表婶，给她养老送终，村民对我肃然起敬，还要孩子向我学习。

我又去打工，想尽快偿还办理表婶后事的欠款。一天，在镇上等班车时，我接到表姐的电话，她哭哭啼啼，我不知所措。她请求我陪同她去找儿子，我说："你去他生活的地方寻找。"我还骗她，"我到了县城。"

班车准时到来，我找个座位坐了下来，闭上眼睛。司机启动车子，我突然要求下车。众人的责怪，我慌忙离开。

表姐到村口接我，还亲热地喊我弟弟。她做了一桌好菜等我，都凉了。我按照她的要求坐下来，端着碗，拿着筷子，却迟迟不敢将酒菜送进嘴里。她恳请我帮助她寻找儿子，那些"……我害怕村民打我，也担心儿子不认我……"以及"你是文化人，识大体，懂得多，能说服他"，让我不胜其烦，弄得我吃饭味同嚼蜡。我大声埋怨："他不来找你，你反而去找他，不合理。"

她低着头，鼻子吸溜吸溜。我递给她一张抽纸，她抓在手里，像抓着一把钱。她擦干鼻子，清清嗓子说："他可能不知道情况。"

她又说："也可能是日子过得不好。"

　　"我不是不要他，是找不到他"，说完后这句她似乎轻松了许多。

　　第二天大清早我们出发了，看着她蹒跚的步子，我思绪万千。这个在人生路上弄得遍体鳞伤的女人，为了儿子，再次远走他乡。

2020 年 10 月初稿

2022 年 12 月修改